BEST SPEAKER:
Give a Winning Speech Every Time!

改變一生的演講力

一開口就打動人心、震撼人心 直指人心、觸動人心

路演大師
Jacky Wang / 著

國家圖書館出版品預行編目資料

改變一生的演講力：一開口就打動人心、震撼人心、直指人心、觸動人心 / Jacky Wang 著... -- 初版. -- 新北市：創見文化出版, 采舍國際有限公司發行, 2020.11 面；公分--

ISBN 978-986-271-888-9（平裝）

1.演說

811.9 109010301

改變一生的演講力

・智慧的銳眼

本書採減碳印製流程，碳足跡追蹤，並使用優質中性紙（Acid & Alkali Free）通過綠色環保認證，最符環保要求。

作者／Jacky Wang
出版者／魔法講盟・創見文化
總顧問／王寶玲
總編輯／歐綾纖
主編／蔡靜怡
文字編輯／Emma
美術設計／Mary
郵撥帳號／50017206 采舍國際有限公司（郵撥購買，請另付一成郵資）
台灣出版中心／新北市中和區中山路 2 段 366 巷 10 號 10 樓
電話／（02）2248-7896　傳真／（02）2248-7758
ISBN／978-986-271-888-9
出版日期／2020 年 11 月

全球華文市場總代理／采舍國際有限公司
地址／新北市中和區中山路 2 段 366 巷 10 號 3 樓
電話／（02）8245-8786　傳真／（02）8245-8718

Preface

演講力，讓世界看見你

演講是一門語言藝術，它強調運用富有表現力與感召力的言辭、聲音，以及臉部表情、手勢動作、身體姿態乃至一切能夠傳情達意的體態語言，使演說「藝術化」，從而產生一種獨特的舞台魅力。

隨著科技發展、社會進步與思維的開放，這個世代為我們創造了許多機會，喚醒人們內心的自我覺察與贏得他人的支持和信任的渴望，使一般人也開始勇於追尋一個開放、且自由平等的舞台，再小的個體也敢於發出屬於自己的最強音，被世界所關注，在眾人之前發光發熱。

表達也是職場勝出的核心能力，無論從事何種行業，都無法避免與人接觸，一對一溝通和公眾演說因而成為被極度重視的能力，尤其現今的社會環境變動快速，需要反應靈敏、舉一反三的人才，若你能在短時間內清楚表達出自己的看法和意見，自然容易勝出，能見度高之外，又具備極強的說服力。

美國曾做過一項調查，發現人們心中最大的恐懼大多為「上台演說」，恐懼程度甚至遠高於死亡，享譽盛名的投資家巴菲特在接受某次採訪時，向主持人透露自己年輕時內心的恐懼便是站在台上，他相當害怕站上台說話，總想盡辦法避開在眾人面前發言的任何機會，直到他 21 歲從事證券業，為了發揮自身所有潛能，一心專注於事業上，才不得不強迫自己克服心中的恐懼。

當時的主持人這樣問巴菲特：「你認為自己 20 至 30 歲時，有養成哪些習慣，使你獲得現在的成功？」

巴菲特答道：「你必須要有與人溝通的能力，這相當重要！學校對於這項能力不夠重視，未開設專門學科教授其要領，必須從社團活動或是校外習得。倘若我們無法與人溝通交流，清楚表達自身觀點，無非是埋沒了自己的潛能，相當可惜。」

其實像巴菲特這樣的例子並不在少數，倘若你也是在站在台上就嚇得兩腿發抖、直打哆嗦的人，請務必將本書看完，絕對有助於你改善這個情況，克服在公開場合演講的恐懼。以下先灌輸讀者三個觀念（方法）。

1 掌握恐懼

筆者曾在某場研習會上，聽到學者說我們人類幾乎不可能克服受人注目時心中所產生的恐懼，因為這是自然規則，是人類誕生幾千年來進化過程中所得到的結果，這是根深蒂固的自然反應，也可以說是一種本能。

怎麼說呢？這就好比我們會害怕他人的目光或輿論，即便我們沒有主動站在台上，身處於人群之中，也會害怕焦點突然投射到自己身上。可以試想，小時候念書時，是不是都很害怕被老師點到名呢？所以要擺脫這項心中固有的恐懼感，著實困難，因此，與其徹底根除，我們不妨試著去掌握它，接受心中的恐懼，然後想辦法降低它可能帶來的影響。

2 想法再造

著名牧師約爾・歐斯汀（Joel Osteen）舉辦過無數場布道演說，向人們分享福音、分享喜悅，你可以試著去網上搜尋他的演講影片，他在台上的表現從容、游刃有餘，對台下的聽眾侃侃而談，你可能會認為他很厲害，但這些其實也是全憑著經驗、練習而來。首次布道時，他也嚇得兩腿直發抖，布道大會的前一周，可謂他人生最艱難的一段時間，那個時候他對「如何演講」一無所知，更不用說要感化他人、布道！

歐斯汀對於布道這件事其實並不陌生，他的父親也是一名牧師，每每只要父親上台，他就會坐在台下或幕後聆聽，他知道該怎麼說、怎麼鼓勵觀眾，如何將福音散播給台下的觀眾，所以當父親去世時，歐斯汀的太太和家人們，也鼓勵他上台傳播福音，向世人宣揚上帝的美好。

歐斯汀曾深陷於上台的恐懼中很長一段時間，旁人任何鼓勵的話對他來說都毫無幫助，某次下台後，他更聽到兩名教友這麼說道：「他不像他父親優秀。」這句話如當頭棒喝，沒想到連無關緊要的人都這麼評價他，站上台已經讓他感到恐懼，如今又被貼上負面的標籤，這樣下去不是辦法。

他認為，說出口的話就好比一顆種子，你播種的時間足夠長，他就會發芽生長，倘若你放任不管，就會成為別人口中的樣子，所以不管是被其他人所貼上的標籤，還是我們貼在他人身上的標籤，都有可能阻礙我們發揮自己的潛能。

同理，你可能無法控制他人對你的評價，就像歐斯汀聽到那兩名教友說的話一樣，但你可以決定自己要如何看待這些評論，而且你絕對能夠控制你要對自己說什麼話，只要你不斷鼓勵自己辦得到，那就無須擔心。

3 害怕的事更要去嘗試

職業網球選手與對手展開決勝局時，即便打過大大小小的比賽、獲得無數獎盃，每一次的擊球仍然會緊張，但他們會盡力緩和緊張感，把自己維持在最好的狀態，因為他們在賽場下已練習不下數千次、數萬次的揮拍動作。

他們憑藉著身體的記憶來幫助他們抑制緊張感下來，筆者要再次重申，是盡量緩和緊張感，而非將緊張完全消除。套用至公眾演說也一樣，你講的次數越多就越自如，若你在台上總感到不自在，代表你的經驗不夠，只要勤加練習，多爭取上台的機會，你越害怕，就越要讓自己站在台上。

現今是一個人人需要演說的時代，社交致辭、融資路演、產品發布會……等都需要我們走上舞台，唯有能明確表達出自己的觀點，才有可能獲得成功，無論是從事理想的工作，或是跟歐斯汀一樣成為一名激勵者，還是為了推銷必須擁有好口才，都需要具備有效的溝通力及表達力，演講力可說是決定了一個人的輸出和變現能力。

巴菲特說過：「學會演說，是一項可以持續使用五、六十年的資產。」因此，持續提升演說力，是一個人最重要的自我投資。演說是對人的行為學、神經語言學、心理學等多學科知識的綜合應用，其內容是演說者對生活的洞見與體悟，用故事、情感、邏輯等方式，對創意、靈感等有價值的思想進行精雕細刻。

每一場演說都需要精心準備，既是對聽眾的尊重，也是演講者演說能力與水準的體現。為聽眾提供一個審視自我、展示自我、挑戰並發展自我的機會，引導聽眾透過現象抓住問題的本質，揭示隱藏在事物背後的聯繫與規律，善於多角度、全方位、立體化地認識議題，這也是演講人最終的目的。

優秀的演說必然是內容為王，有獨到的見解和觀點，兼具知識的廣度和思想的深度，猶如一塊肥沃的土地，種什麼都會豐收；猶如好的食材，無須繁瑣的加工也相當美味。因此，演講者要透過有魔力的語言，來表達自己的思想、觀點、立場，並改變聽眾的思維，更進一步影響他們的行動。

當一個人站在舞台上，用音樂、圖片、文字、影像，搭配好情緒的起伏，接續著敘事的脈絡，其實你很容易能勾起聽眾的想像，進而認同你的理念與作為，這也是為什麼，選舉造勢的場合上，總要將這些要素搭配好，讓候選人在舞台上盡情發表，因為這能發揮強大的吸引力，讓底下的聽眾感染氣氛與情緒，最後成為你忠誠的信徒。

成功者不一定要有好口才，但有好口才的人更容易成功，除了能說，更重要的是說得對、說得好，最後得到的便會是你想要的結果，這就是公眾演說的威力！演說有一套完善的系統流程，既要重視細枝末節，又要兼顧整體效果。公眾演說可以幫助你突破內心的恐懼與自卑、提升自信與個人魅力，強化你的說服力、領導力和競爭力，只要你學會在公眾面前說話且不畏懼，你的話語力量就能倍增百倍、千倍。

本書旨在說明如何掌握演說的底層邏輯、思維模式、框架搭建、表達技巧，更好地解構、重建演說力；用演說連結他人、觸動他人、影響他人，構建和諧融洽的人際關係與商業關係；實現內在心靈的全然綻放，發現自我、認識自我、重塑自我。

演說像一場修行，它既是一個分享的過程，也是一個學習的過程。本書考量到演說內容的靈活性、聽眾構成的複雜性及場景的多變性等，針對演說的難點，好比如何在所有場合充滿自信、邏輯清晰地即興表達，如何即刻表達內心想法、抓住聽眾需求等，以簡單平實的語言，深入淺出地剖析演說的技巧和要領，給出行之有效的解決方案。

CONTENTS 目錄

演說的本質：讓你的分享有價值

搭建框架：演說前的準備工作

CONTENTS 目錄

內容呈現：你的演說如何引起共鳴

完美收尾：主宰你腳下的舞台

演說的本質

～讓你的分享有價值～

- 一對一與一對多的差異
- 為什麼要聽你講？
- 人人都能成為超級演說家

BEST SPEAKER: GIVE A WINNING SPEECH EVERY TIME !

一對一與一對多的演說差異

現在已是全民「自媒體」的時代（由於部落格、微博、共享協作平台、社群網路等興起，使得每個人都具有媒體、傳媒的功能），幾乎每件事情都可以成為廣告，例如 FB、LINE、Twitter、微信、E-mail、部落格、O2O 營銷模式（O2O 為 Online To Offline 之縮寫，意為「離線商務模式」，指線上營銷、線上購買帶動線下經營和線下消費）上的各種活動，不論是實體還是虛擬，每個動作都傳播著某種訊息。

而人們的溝通方式不外乎「說話」或「使用文字」，如果採用的是「說話」的方式，試問各位：「一對一的個別溝通」與「一對多的公眾演說」，何者孰重呢？

「一對一」與「一對多」的差異

許多業務人員都是以「一對一」個別溝通的方式進行銷售，但常常是說了半天，最終仍無法成交，等同於白說。然而，如果他們能夠掌握「一對多」的公眾演說技巧，就更容易產生業績。

一般常見的銷售模式是「一對一」，可是如果你能公眾演說，就變成了「一對多」。對一個人說話，你只能影響他一個人；你對一百個人說話，你卻能影響一百個人；你對一千個人說話，那你就在影響一千個人。但如果你對著一群人演說，最後卻沒有成交，那你得檢討一下自己的演說，思考是不是產品或服務過於昂貴，因而讓他們打消念頭、不願意買單。以下分析一對一個別溝通與一對多公眾演說的差別。

	一對一	一對多
產品需求	單一化	多樣化
價格需求	單一化	多樣化
問題需求	依單一客戶的需求	依不同客戶有不同需求
開發客戶	相同時間下較少	相同時間下較多
花費時間	相同時間下，最多成交一件	相同時間下，可成交多件

無論你的目的是宣揚理念還是賺大錢，你都得學會「一對多」溝通，因為「一對多」的效果遠遠大於「一對一」。只要你能克服恐懼，在「一對多」的場合上表現良好，就能成為專業講師，如果有夠大的舞台，你就有機會成為國際級大師。

思考一下，什麼樣的講師能成為國際級大師呢？筆者認為不一定是演說得好，而是因為他們「擁有舞台」，所以才能成為國際級大師，不曉得讀者是否認同呢？

學校沒教的公眾演說

史記有云：「一人之辯，重於九鼎之寶；三寸之舌，強於百萬之師。」

古今中外都有一個恆久不變的真理，那就是口才好的人具有影響力。換句話說，想擴大自己的影響力，就得要有好口才，而這個口才一般指的就是「公眾演說」。

然而，在我們從小到大的教育過程當中，學校大都沒有教授「演講」這門科目，實屬可惜，除了某些因為口齒伶俐被挑選去參加演講比賽的同學能接受師長的指導外，一般的學生並不懂得如何站在講台上向台下的觀眾演說，也不明白「敢對眾人說話」這件事對自己的未來可能產生多大的益處。

目前社會的學校教育弊端在於只教授、灌輸當局所謂的「事實」，並以填鴨式教學，強迫學生記憶，對於橫向、逆向的思考模式與邏輯上的連接，絲毫不看重。

學校沒教的東西實在是太多了！包括「找出兩件事情的關係」，這正是「創意」的來源。例如中國電子商務龍頭阿里巴巴（Alibaba Group）最大的股東孫正義，他就非常擅長找出兩件事情之間的關係。他曾把字典上的字全剪下來，隨意抽出一張「公雞」和「鐘」的字卡，然後思考如何將兩者連接在一起，而這種「排列組合」就是一種創意的發想。

在演說中非常好運用的「故事」素材，便是一種「事實的連接」，也就是將諸事的前因後果連結起來，建構成一個過程完整的故事，有助於觀眾了解，更能加深他們的記憶，對演說留下深刻的印象。

此外，學校教導的是「過去」和「現在」的事，很少教導「未來」的事。舉例來說，一般大學是如何聘請教授的呢？

例如：有位學者在美國發表一篇優秀的論文，順利獲得博士學位，他之後便能在台灣的大學裡開設與其論文內容相關的課程，因為他就是該領域的權威。然而，那一門課程的內容可能是他兩年前在美國研究的，當他到台灣的大學教書時，那門學問也許早已過時，或是有了新的論證，甚至是被推翻。現今是個變動非常快速的社會，許多新趨勢突然誕生，有時大學不會教或是根本來不及教，以至於學校的課程有很嚴重的時間延遲（Time lag）現象。

就像現今已是勇於展露自我特色的時代，然而在我們的文化、學校的教育中，並不鼓勵與教導學生表達自我，且矛盾的是，明明知道學生畢業、出社會後，倘若無法展露自信，勇於表達自我讓他人信服，是非常吃虧的事情，因為在相同資歷的情況下，會表達的人更容易獲得企業的賞識，可學校仍未考慮將此納入教程中。

以學校活動來說，需要演講的場合其實不少，例如：許多學校早上有朝會，除了宣布重要事項之外，還會有校長、主任或老師進行簡單的談話，這都是公眾演說。校外也充斥著各種機會，例如婚禮賀詞、喪禮悼詞，以及建築物落成剪綵等場合，可說是不勝枚舉。

所以筆者認為，在二十一世紀，每間學校都應該教授「演講」這門科目，因為不會演說的人，在不遠的將來極有可能被社會淘汰。其實，演講不用太過於依賴天賦，只要有心、有方法，任何人都可以透過學習技巧、演說前的充分準備與反覆練習，在短時間內發揮不錯的表現。

如果你的公眾演說是以「銷講」作為主要目的，就需要更多優質的溝通對象；如果你想在每次的溝通上都累積出一定的信任感，那有一個最簡單且有效的方法，就是「給」、「給」、「給」。

什麼是「給」、「給」、「給」？例如：給贈品、給折價券、給課程票券、給講義、給 PPT 檔案等，提供所有你能大方給，又不用擔心花費太多成本的東西，也就是所謂的「資訊型產品」是也！這樣就能讓對方對你產生好感並拉近距離。

當你需要銷售東西時，如果你的人脈網絡很龐大，也不用太過於擔心，因為客戶即使客戶今天不買，不代表他明天不會買，更不代表他以後不會買，例如筆者有一名從事裝潢業的弟子，只要我有任何裝潢需求，都會交給他來承接、施工，如此一來，我既能解決需求，對方也做到一筆生意，這就是人脈網絡的力量。

也就是說，如果你認識的人夠多，人脈夠深、夠廣，那只要再調整商品或服務的訂價、包裝等相關內容，就很容易成交。好比房屋仲介賣房子，建築是實體的，有市場行情，可能很難降價，但如果是資訊型產品，諸如 CD、DVD、電子書等，就很容易降價，也相對較好銷售。

如果你沒有人脈和平台，獨自創業做生意必定是步步維艱，目前在台灣成效最好的組織都是平台式的，就像我偕同弟子創建的魔法講盟，學員除了能藉由固定舉辦的趨勢課程學習新知外，也能透過魔法講盟這個跨界人脈的平台，讓大夥兒聚在一起學習，給予彼此協助和支持，形成一股正向的推動力。

透過課堂上的交流，你就有可能找到投資的股東或共同創業者，使你的知識、資源、資金的效益更具加乘效果。特別是那些喜歡結交各界菁英、拓展人脈，或是有意將自己的理念、產品、作品推廣到中國大陸的朋友們。

為什麼？因為魔法講盟擁有超過三十個中國大陸各一、二線城市的實友圈組織，其中六個省市委書記更是我們的夥伴，能有效擴大你的人際關係領域與工作半徑。也因此，加入魔法講盟的學員、弟子們，可以輕易地將產品或服務拓展至中國大陸或港澳地區，等於將自己的銷售力道加乘數倍。

當你學會公眾演說，就更容易藉此成為名人，創造出自己加倍的影響力與財富。要擁有對的朋友與貴人，其實沒有那麼困難，關鍵只在於你是否有找到對的「平台」。

什麼是公眾演說？

英國首相邱吉爾（Churchill）曾說：「一個人可以面對多少人說話，就意味著他的成就有多大。」

什麼是公眾演說呢？我們先來討論「公眾」二字，公眾指的是一群人，那多少人可以稱為「眾」？《史記 ‧ 周本紀》說：「夫獸三為群，人三為眾……」也就是要有三個或三個以上的人才能稱為「公眾」。

「演說」二字指的則是表達觀點所用的方式。「演」就是表演，需要借助肢體語言；「說」就是「說話」，需要借助有聲語言，所以，有聲語言和肢體語言的結合才能稱為演說。

因此，所謂公眾演說指的就是公眾場合上對公眾發表言論的一種演講形式，也就是同時面對三個或三個以上的人時，利用聲音和肢體動作來表達自己的觀點；與之相對的則是「個別溝通」。

從小到大，每個人應該都有過在公開場合說話的經驗，例如幼稚園的說故事比賽、國中課堂的心得發表、高中的辯論比賽、大學的社團活動、踏入職場時的面試、公司會議的主持或報告、公司對外的媒體採訪說明、公司內部的員工培訓、公司的產品發表會、婚慶壽宴的主持司儀、販售產品或服務的銷售式演講、新創公司募資的項目路演，甚至是面對競爭或合作對象的談判等，而這些都具有公眾演說現實意義上的價值，是難以避免的現實狀況。

公眾演說和個別溝通的技巧是不同的，這兩種技巧在每個人平時的生活和工作當中都使用得到。

當你和一、兩個人說話時，需要使用的是「個別溝通」，多於三個人時，就可以改用「公眾演說」的技巧。也許你很擅長個別溝通，但不一定能抓到公眾演說的訣竅，碰到開會、報告、活動等需要面對群眾的場合時，經常不曉得該如何準備、如何表現，並非你不具備專業，也不是口才不好，但總會因為不知如何著手，而無法有出色的表現，對此感到灰心。

一般來說，擅長個別溝通的人，不一定擅長公眾演說，但擅長公眾演說的人，通常也擅長個別溝通，這是因為個別溝通針對的是個人的差異，而公眾演說針對的是群體，所以也能夠套用在人數較少的場合。

在個別溝通和公眾演說上，我們要練習做到：

- 因地制宜：能巧妙應對各種人。
- 巧用稱讚：能依據對方特質選擇不同的稱讚語。
- 男女有別：性別不同，溝通方法不同。
- 找對話題：興趣不同，話題不同。
- 因人制宜：地位不同，態度不同。
- 年齡有別：年齡不同，說法不同。

能與人個別溝通，來自於對「人」的了解，我們每天都有和人接觸的機會，經驗一多，就會越來越了解如何溝通。然而群眾的反應卻來自於我們對「人性」的了解，我們要在了解個人差異的基礎上，不斷地整理、歸納與實踐，掌握個人差異下的人性規律。這個過程不容易，必須經過許多場實戰經驗，慢慢摸索出正確的方向，也就是說……

成功的公眾演說＝大量的實戰經驗＋從失敗中修正的經驗

然而，大量的實戰經驗對一般人來說不大容易累積，因為我們不太常有進行公眾演說的機會，而且當有公眾演說的機會時，通常已是很重要的場合了。例如：公司內部的會議報告、販售產品或服務的銷售式演說、新創公司的項目募資路演……等，在這種場合失敗的代價是很大的，因為可能沒有下一次機會了。

也因為多數人的生活中並不常有需要公眾演說的時候，導致人們普遍缺乏演說力，反之，具備公眾演說能力的人受到注目的程度能因此提升到最高，使個人影響力與魅力加倍，這也是讓個人收入產生良性循環與惡性循環的關鍵。

面對群眾說話的恐懼

美國幽默作家馬克 ‧ 吐溫（Mark Twain）大部分的收入來自於演說，而非寫作，他曾說：「演說家有兩種：會害怕的和說謊的。」

馬克 ‧ 吐溫出版的著作雖然讓他賺了不少錢，但他也因為投資錯的項目賠了很多錢，例如：新的蒸汽機、排字機，以及他的出版社。馬克 ‧ 吐溫的著作能陸續完成，必須歸功於他的好友，也就是標準石油公司的經理亨利 ‧ 羅傑斯（Henry Huttleston Rogers），他解決了吐溫的財務困難，為吐溫提出破產申請，並將他擁有的著作版權移交給吐溫的妻子歐莉維雅，避免債權人奪得版權，然後自己先替吐溫還錢給債權人。吐溫日後便開始了他的環球演說旅行，將欠羅傑斯的債務還清。

對多數人來說，站在講台上說話就像是在身上沒有降落傘的情況下，被迫從高空的飛機上一躍而下那麼恐怖。國外許多研究都做過「人類害怕的事物」的相關調查，例如《The Book of Lists》雜誌發表了「人類最恐懼的事物」，對三千名美國人進行調查，統計的排行榜如下：在群眾面前演說；高處；昆蟲；貧窮；深水；疾病；死亡；飛行；孤獨；狗；駕駛／乘坐汽車；黑暗；電梯；手扶梯……

可以理解為什麼人們會害怕「高處」、「深水」、「疾病」和「飛行」，因為這些事物可能導致死亡，因而容易心生畏懼，但是「在群眾面前演說」竟然超越了死亡所帶給人們的恐懼，可見人類有多害怕站在講台上面對觀眾。

相信在大家的認知中都明白演說得再差勁，也不會有死亡的危險，但其實有傳聞前美國總統威廉 ‧ 哈里森（William Henry Harrison）是因演說而離世的。1814 年，當威廉 ‧ 哈里森上任美國總統時，他發表了美國史上最長的就職演說，講稿長達數萬字，演說近兩個小時。

然而當天的寒風冷冽，哈里森沒穿大衣就在戶外發表演說，上任一個月就因感冒併發急性肺炎而病逝，是美國首位在任內病逝的總統，也是美國史上任期最短的總統。

哈里森的故事讓我們得出一段警語：演說短一些，不然至少穿件外套。

此外，前美國總統湯瑪斯 ‧ 傑弗遜（Thomas Jefferson）非常恐懼公開演說，在任期期間僅進行兩次公開演說，且都是咕噥著帶過，他更在任內中止了總統親自演說國情咨文（美國總統每年在眾議院大廳發表的報告）的慣例，取而代之的是將講稿送到國會，直到湯瑪斯 ‧ 威爾森（Thomas Woodrow Wilson）上任才恢復由總統親自演說。

經過長久的演化過程，生物的本能反應中，會認為有幾種情況不利於生存，那就是「沒有武器」、「處於戶外無處躲藏的地域」、「孤立無援」和「站在一大群盯著你看的生物前方」。生物明白身處在這幾種情況下是非常危險的，因為這表示有極大的可能遭受攻擊。相對的，當肉食性動物成群結隊出外獵食時，牠們最容易得手的也正是那些落單、沒有武器、待在平坦幾乎沒有遮蔽的地區（沒錯，就像是講台）的動物。

人類的祖先也是倖存下來的生物，所以可以合理推斷我們也會對這些情境本能地產生恐懼，即使台上的講者表現得非常輕鬆，但在他上場前，他的大腦和身體一定或多或少會感受到某種恐懼，只是每個人程度的多寡不同而已。

然而，如果你能克服恐懼，成為一位出色的演說家，便能在事業、生活上佔盡優勢，無往不利。要成為公眾演說家不需要什麼祕密武器，你也不用具備傳教士、政治家、教師等身分，才能在群眾面前說話，就算你是個素人，只要學完本書內容，同樣可以自然地站在眾人面前侃侃而談、毫不畏懼。

線上直播也是一種公眾演說

「線上直播」是現在非常普遍的網路工具之一，許多網路平台都有開設線上直播的功能，讓使用者能和網友分享自己生活的實況影片，現在也有人特別開設直播來銷售產品，可能直播 1 小時便觸及到幾千人，比在路邊發傳單、兜售來得有成效。

直播的影片是生動、活潑的，它能讓觀看的使用者產生臨場感，且現今的消費者很注重感覺，直播與網拍最大的不同便是能直接和賣家進行互動及問答，消費者對產品若有任何疑問，都可以馬上獲得解答，但網拍僅能用留言的方式詢問。

直播最早起源於電視轉播，維基百科上對直播的定義為：現場直播（Live broadcast）或稱實況轉播、即時轉播，簡稱直播或實況（Live），是指電視、電台等傳播媒體節目的錄影與廣播同步進行的動作，可分為電視直播與電台直播。

一般提到直播，絕大多數的人都會直覺地聯想到FB，確實，FB是相當穩定的一個平台，它於2016年上線直播功能，與傳統影音族群做出市場區隔，且除了一般使用者能與朋友即時分享實況，各大品牌或名人也可以創立粉絲團，透過直播與粉絲互動。

隨著平台服務不斷更新，各大平台也相繼提供了直播功能，網路直播大勢來襲，因直播而生的服務平台如雨後春筍般上線，像Live.me、17直播、MeMe、浪Live、UP等，不僅是網路平台投入直播，更多專門領域的直播內容因應各種需求而起，開始滲透到日常領域，舉凡運動、電競、美妝、音樂、購物、頒獎典禮、時尚秀場等，更有直播名人吃飯聊天的過程。

過去電視購物著重銷售，主持人一再強調商品的價格及功能，只在乎銷售，而電子商務平台運用影音直播促購，交由名人或素人主播直播，並與消費者互動，結合社群力，不斷累積收視族群，形成直播經濟，也帶起另一波網紅經濟，因為只要擁有一台手機，你就能在任何時間、地點進行分享。

直播有許多不同的宣傳應用，例如直播健身，推薦健身房與健身器材；也有人直播做菜、畫畫、極限運動等等，應用層面相當廣泛，南韓就有一位專門分享吃飯的直播主朴舒妍（Park Seo-yeon），月收入高達1,000萬韓圜（約台幣28.4萬），每晚8點一到，南韓的網路上有數千人同時湧進女神的頻道，他們不為別的，就只為了看

這位女神吃下好幾位橄欖球員食量的食物，花上數小時吃下 4 份大披薩或是 3 公斤重的牛排，且還感覺游刃有餘。

又好比台北市長柯文哲在 YouTube 頻道《木曜 4 超玩》「一日市長幕僚」單元中，與主持人邰智源的對話，58 分鐘的節目裡，「媒體」和「政界」的疆界被打開，邰智源愈是大膽問出對市長的好奇，柯文哲就愈是坦率地給出回答，單支影片創造千萬流量，你能想像這近一小時的影片，觸及了千萬人嗎？

這種自帶流量的網紅平台，近來也變成政治人物增加曝光的好去處，時任高雄市長韓國瑜在總統大選前上了「博恩夜夜秀」，秀了膝蓋走路的「絕活」，反應各異，但想必他早看準博恩的網路聲量和主要客群是年輕人，無論好壞，這段曝光已成功搏到媒體版面，狠狠地贏得年輕族群討論聲量。

隨著直播技術增強，成本下降，未來直播平台與各界結合的深度更為顯著，但直播熱潮之後，如何持續經營留住觀眾粉絲，才是每個直播服務平台及直播網紅名人需要不斷檢視及關注的議題，因為直播所能產生的影響力，是你無法想像的。

為什麼要聽你講？

人們的任何社會實踐活動都有明確的目的，其功利性是非常鮮明的，由於演講活動是演講者與聽眾雙邊的活動，所以，演講的目的分別體現為演講者的演講目的和聽眾聽演講的目的。然而每個演講者的身份、地位、年齡、專長各不相同，演講的目的自然也不盡相同，有些演講者的演講的目的甚至每次都不相同，我們可以從以下幾方面來談。

1 宏觀的角度

演講者演講的內容決定了演講的目的，從總體上看，演講的目的就是演講者與聽眾取得共識，使聽眾改變態度，激起行動，推動人類社會向理想境界邁進。演講無論是宣傳自己的政治主張、觀點，或是傳播道德倫理情操，還是傳授科學文化知識和技藝，都是為了讓聽眾同意自己的主張、觀點和立場以取得共識，並在此基礎上激發聽眾的實際行動，朝著理想境界邁進，如前美國總統林肯解放黑奴的演講，目的就是動員美國人民為解放黑奴、廢除奴隸制而鬥爭；楊振寧、李政道二位科學家發表的學術演講，目的就是宣傳他們的科學發現，讓社會接受其正確觀點，從而推動科學文化的進步。

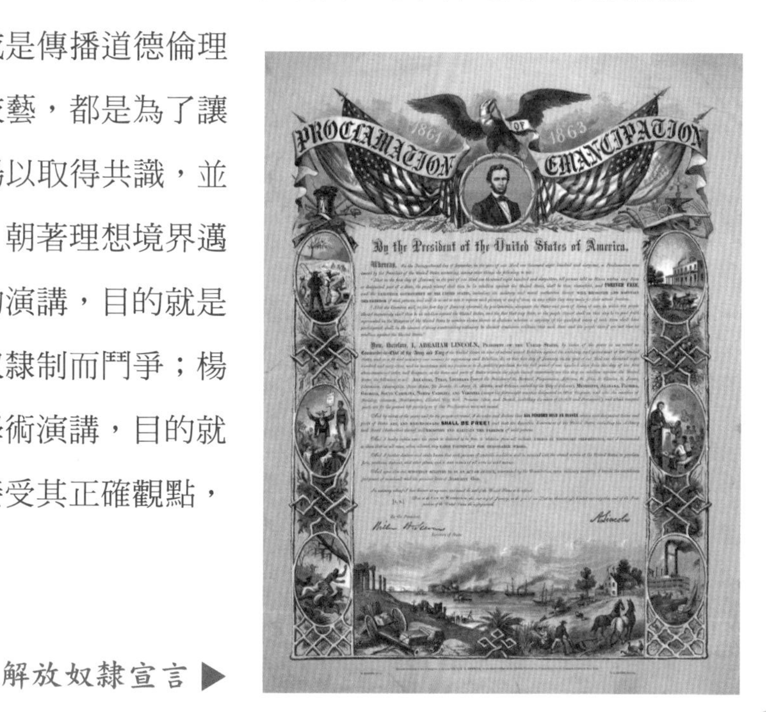
PROCLAMATION 1861 OF 1863 EMANCIPATION

By the President of the United States of America.

解放奴隸宣言 ▶

2 微觀的角度

迄今為止，尚未有專職的演說家，當今的演講者都有正式職業或專業，如魯迅是文學家、聞一多是學者、詩人，林肯是總統，邱吉爾是首相，由於其職業不同、專業不同、經歷等多種因素，演講的目的、內容也有所不同，聞一多在昆明的演講《最後一次演講》，就是為了揭露和痛斥敵人、鼓舞聽眾、發展民主運動；而曲嘯、李燕傑、劉吉等的演講，則是向廣大青年進行理想、道德等方面的教育。因此，從微觀上看，每位演講者每次的演說，都有著不同的具體目的。

演講的宏觀目的與微觀目的並不矛盾，聞一多的個體微觀目的是揭露敵人，鼓舞聽眾、發展民主運動，但這一目的恰與推動人類向理想境界邁進統一、一致，兩者並不衝突。

3 從聽眾聽演講的角度

聽眾是無數個體的集合，由於他們年齡、性別、文化程度、興趣、職業等不同，聽演講的目的當然各不相同。比如林肯解放黑奴的演講，有擁護的聽眾、也有反對的聽眾，可見其目的根本的不同，且即使目的都一樣，對同一內容的演講也往往各取所需，但從總體上說，演講者的個體實用目的和聽眾個體實用目的是一致的，緊密相連而又互為體現的，如果離開這條，演講將很難存在。

以上我們從宏觀、微觀、聽眾三方面作了「橫」的分析，現在筆者再從「縱」的角度分析，即演講者追求的兩個目的：現場的目的和散場後的目的。

1 現場的目的

每一位演講者都希望演講能成功，這一目的完全從現場和直觀效果反映出來，如聽眾的表情、情緒，或者捧腹大笑，或者義憤填膺，或者歡呼雀躍，或者淚水橫流，或者高呼口號，或者掌聲雷動，這就表明演講者的實用目的與聽眾的實用目的相符合，引起了共鳴，但現場的效果僅是表面的，關鍵仍在於演講者的實用目的、演講的內容打動了聽眾的心靈，否則成功的欲望再強烈、目的性再高也難奏效。

2 散場的目的

任何演講者都不會將目光停留在現場的目的上，而是追求散場後的目的：實際行動。這才是演講者的最終目的，比如拿破崙親自領軍遠征埃及時，在金字塔附近和敵軍的主力戰隊拼搏，但局勢不如預期，拿破崙馬上傳喚士兵列隊，高聲演講道：「士兵們，四千年歷史今天從這些金字塔的上面看著你們！」簡短的演講讓那些疲憊的法軍士氣大作，終於大勝敵軍，他的演講產生了現場的直觀效果，成功鼓舞士氣，士兵英勇殺敵，取得了勝利，進而實現散場後的目的。

可以說，演講現場的目的是散場後目的的前提和基礎，散場後的目的又是現場目的的歸宿，兩者緊密相聯，沒有現場目的的實現，就不可能有散場後目的的實現；如果只追求散場後的目的，忽視追求現場目的，那散場後的目的不過是一句空話。

演講不只是一種複雜的社會實踐，更是一種工具，人們之所以拿起工具必定有目的，沒有目的的演講是不存在的，只是目的的正確與否、高雅與否的不同而已。所以，每位演講者必須樹立明確的演講目的，做到宏觀和微觀的統一、表層與深層的統一、目前與長遠的統一，這樣的演講才富含意義和價值。

當你準備開始演講時，首先必須做到「讓觀眾對你產生好感」與「和觀眾建立起信任關係」。「信任關係」指的是觀眾認為你有資格來演講這個主題，一般來說，坐在台下的觀眾在看到講者之後，通常會產生以下疑問：

- 「你是誰？」或「雖然我知道你是誰……」
- 我為什麼得坐在這裡聽你說話？
- 聽你演說，對我有什麼好處？
- 我能相信你嗎？你要怎麼說服我相信你？
- 希望我不會到最後才發現聽你演說是浪費時間？

假設筆者的演說主題是網路行銷學，那我就必須讓人相信我可以掌握這個主題，因此要先與觀眾建立起誠信關係。「信任」可以來自你的資歷、職位、社會地位，也可以來自你的個人經驗和上課時獲得的知識，觀眾需要確認你有資格站在這裡主講。

你也可以在演說剛開始的五分鐘內就回答觀眾這些問題，你可以預先準備一個提供所有答案的自我介紹，或是將準備好的個人資歷交給台上的主持人，由他來介紹你出場。

好比筆者曾受邀至許多機構演說，每每上台，我總會充滿自信地向觀眾介紹自己：我創辦的公司有哪些、我寫過多少本書、這些書的銷售成績如何、我曾獲頒的榮譽獎狀有哪些、曾一起合作過的名人有哪些、這場演說多難能可貴、我在這裡是為了教導並為各位解惑、除非你選擇無視，否則就必須解決問題、為什麼別人願意聽我演說、你將從這場演說獲得……？

再加上一些能建立自身誠信的事實和見證等等，這些資訊就能使觀眾對我產生正面的印象與具有權威的信任感，如此一來我就不用再費力證明自己的實力了。

讓你的演講變得有價值

這是一個所有人都需要相互學習的時代，我們需要接受自己傳統專業之外的人們的啟發，從而加深對世界的認識，加深對我們所扮演角色的認識。而演講，則是傳播思想最好的工具，希望每個人未來都能具備這種傳播思想的能力，也相信這項能力必將為你帶來意想不到的益處。

1 講什麼？

作為演講者，最崇高的使命就是把自己非常重要的東西植入聽眾的內心，即一種精神建構、一種思想，聽眾可以堅守它、傳播它、珍視它，某種意義上還能被其改變。對於演講者來說，自信、舞台、時機其實都不是最重要的，重要的是有價值的思想，換句話說—— 任何一個人，只要擁有值得分享的思想，就能發表一場精彩的演講。

2 怎麼講？

成功的演講沒有固定的模式，筆者想講幾種常見的錯誤，要想來與各位分享成功的演講，得先避開這些「陷阱」。

- 推銷策略陷阱：演講者的工作就是給予，而非索取。一旦聽眾發現你帶有一點推銷目的，那就算你的「思想」再有價值，聽眾也會因為感到厭煩而忽視。
- 漫談式演講陷阱：內容龐雜＝闡釋不足，如果一場演講涵蓋所有你想講的內容，那麼聽眾就會感到迷茫，不知道究竟在講什麼。所以你需要做的是將他們縮短，並找到一個主題串連起來。

成功的演講其實就是有效的溝通，而要做到有效溝通，你要知道聽眾的信息，他們知識水平如何？關心什麼？都有如何的期待？同時清楚你要傳遞給聽眾的具體思想是什麼？他們能從中獲得什麼？

專注於你要講的內容，放下自我，讓自己成為最有效的傳播思想工具。

3 演講的小技巧

懷疑、不信任是人們面對陌生事物用來保護自己的武器。所以演講者第一個面臨的挑戰即是獲得聽眾的信任。這裡有 5 個小建議。

- 一開始就進行眼神交流。
- 展示脆弱，如果你感到緊張，可以告訴聽眾，聽眾會體諒你的。
- 讓他們發出笑聲，而不是感到不安。
- 先敞開自己心懷，放下自我。
- 用精彩的故事開頭，建立聯繫，成功獲得聽眾信任後，優秀的演講者還會把自己當作導遊，用推理作為工具，帶領聽眾一步步走進你的思想大門，這樣你的演講才能在聽眾心中紮根。

4 演講細節

演講過程中，總會遇到很多細節問題，這些問題該怎麼解決呢？

問：要不要準備幻燈片？

答：沒有幻燈片勝過糟糕的幻燈片。如果要準備幻燈片，幻燈片上最好不要有解釋性文字，頂多提出問題，激發台下的好奇心，然後再用口語解釋。

問：背誦演講還是照著大綱演講？

答：每個人都有適合自己的演講方式，選擇你最舒服的演講形式。可以背誦，也可以只列大綱，但一定記住，每一個精彩的演講都少不了長時間的練習。

問：演講時穿什麼？

答：穿上讓你感覺舒服的服裝，將有助於你保持放鬆、增強信心。

問：要不要走動？能不能坐著？

答：一切的標準都與你是否感到舒服為主，如果你喜歡邊走邊講，那就走動吧；如果喜歡坐著講，那就坐著。

其實一切細節該如何決定，都取決於你是否感到自在，是否有助於將你的注意力集中到演講內容上。專注於你要講的內容，而非其他，這樣就行了。

演講是一門學問，接下來還有很多演講的經驗技巧要和各位分享，正如有句話是這麼說的：「我們不一定要很專業，但透過接觸非自己專業領域的知識，我們可以加深對這個世界的認識。」

演講，是你給聽眾的一個禮物

有人會認為演講口才是天生的，其實沒有人天生擅長表達和演講，大家都有緊張、恐懼的時候。大家知道為什麼表達、演講前會緊張怯場，感到恐懼而不自信嗎？

是因為對觀眾不熟悉？沒有上台經驗？對場合不熟悉？還是對內容沒把握？假如你的工作是在大街上發傳單，第一次把廣告傳單遞給路人的時候肯定會很緊張，特別是屢屢遭到拒絕的時候，恨不得街上一個人都沒有。

試想一下，假如你手裡拿的不是廣告傳單，而是一本很有價值的書，大家都想要買卻沒辦法買到的書，此時你的心態又是如何呢？

這時候你是不是會感到自信、坦然許多，那你的心態究竟為什麼會有這樣的區別呢？人們之所以害怕表達、演講，是因為自信心不足、自卑感所造成，覺得自己無法為他人提供價值，或者沒有收到他人對自己價值的認可。在這裡要跟大家強調……

表達與演講的本質，就是為聽眾提供價值

意識到這一點，你就會覺得演講並不是那麼難，因為你是在給予，並非單方面索取，同時，你也要看到表達與演講不是一個任務，而是你給聽眾的一個禮物。

既然如此，要如何才能在表達、演講中給別人驚喜和禮物呢？那就是提供價值。而提供價值的過程中會遇到三個瓶頸：內容瓶頸、傳遞瓶頸和變通瓶頸。一般解決這三個瓶頸的方案分別是：提前了解聽眾需求，和聽眾建立連接和共鳴，用多角度思維為聽眾提供價值。接下來將從這三個瓶頸來具體闡述：

1 為聽眾準備有價值的內容

小 A 是一家大公司的法務專員，近來他發現公司的銷售合約中，有許多條款都存有一些風險，不過這些風險其實可以從審核流程上避免，所以小 A 計畫給業務部同事們做一次培訓。

各位業務部的同事，大家好，今天我們培訓的主題是「銷售合約和合約審核流程」，相信大家都知道我們公司目前審合約的流程和步驟是這樣的，首先……（介紹現有審核流程）

不過呢，這個過程中……（指出流程中存在的問題）因此，這些問題對公司和我們業務部的同仁來說是非常危險的。（15 分鐘過去了，大家開始感到無聊，紛紛低頭滑手機……）

小 A 心想：大家看起來無精打采，是不是我講得不好呀？該怎麼辦呢？於是他開始覺得緊張，但又必須講完他認為的重點，只好硬著頭皮繼續說，對法律條款一一做出解釋，讓同事理解。就這樣，15 分鐘又過去了。

（小李想：能不能直接告訴我該怎麼改，過兩個鐘頭還要見客戶呢。）

（小 A 想：重點都說完了，剩下的就簡單說吧。）

所以，最新的合約審批流程的終審是法務部，所有合約最終的審核工作都必須提交給我們，審閱後才能和客戶正式簽約。由於時間關係，本次培訓到此結束，有問題的同事可以發 mail 到我的信箱。

（小 A 想：怎麼沒有再講清楚一點呢？）

（小李想：新流程具體要怎麼對接呢？）

這一次培訓結束後，小 A 感覺大家好像都不太感興趣，也沒多少人認真聽，這一定是自己的原因，感到很沮喪。同時，參加培訓的同事也覺得討論的問題最終還是沒有得到解決。那這中間的問題到底出在哪裡呢？

小 A 的培訓重點	業務員想知道
為什麼要修改審批流程？	哪些合約條款要修改？
為什麼要修改合約條款？	這些條款怎麼修改？
新的審批流程為何？	新的審批流程是什麼？

公司業務員想知道具體「怎麼做（how）」，而小 A 提供的卻是「是什麼（what）」和「為什麼（why）」？假如小 A 能在培訓前先進行調查，深入了解大家的需求，效果絕對會不一樣。

提供有價值的內容，是講話富有底氣和自信的根本，有價值的輸出會使得演講不僅僅是一種任務，反而變成提供有價值的禮物。

試想上述例子，假如你是公司的法務人員，想訓練業務員有關合約條款修改及評審的內容，那你準備的內容應該是：為什麼要修改評審流程？為什麼要修改這些條款？新的評審流程是什麼？

而業務員最關心的是：合約有哪些條款要修改？怎麼修改這些條款？新的審批流程是什麼？所以像小 A 這樣一昧地講述自己想說的內容，就是低效且無意義的，受眾自然不會感興趣。

2 將有價值的內容分享給聽眾

公司最近購入一套 OA 系統，小陳準備進行作業培訓，前期也做了一些小調查，明白流程的講解肯定會很枯燥，果真才剛開始 10 分鐘，小陳便明顯感覺到大家的注意力開始不集中了。

小陳說：「在講接下來的內容前，我們先來玩個遊戲吧。我知道公司之前的舊系統有不少問題，大家一起吐槽下哪些點是你最無法忍受的，又應該如何改進？給大家 5 分鐘時間思考一下」。

接下來，大夥兒盡情地進行吐槽模式，小陳在一旁快速、簡單地記錄了下來。吐槽完之後，小陳接著說：「各位剛剛提到的問題確實存在，但公司新版的系統都已將這些問題解決了，接下來我跟具體給大家講解一下，好不好？」

於是，大家都期待聽到自己提出的問題如何被解決，整體專注度瞬間提高不少，小陳這次培訓的效果相當不錯。

透過「吐槽」這個小策略，小陳讓大家意識到「這個資訊對我是有價值的，必須仔細聽，否則會錯過」，使聽眾對資訊的關注度和期待度都很高，最終的結果十分理想。

3 現場根據聽眾需要，靈活提供價值

小黃是公司的客服人員，在公司上半年度工作表現突出，準備向 HR 提出加薪 20%，在和 HR 面談的過程中，大抵分為兩個部分來談。

- HR 主要想了解小黃的工作內容、工作業績，替公司提升了多少效益，因為事前有準備，所以都應答如流。
- 聊到部門建設、團隊管理等方面的想法，小黃開始支支吾吾，不知道如何回答，說得大部分還是技術上的工作。其實他有經手這方面工作，但回答得比較片面。

小黃最終得到的結果是加薪 10%。如果你是小黃，會怎麼進行這次談話呢？可見，表達和演講的本質就是為聽眾提供價值。

為何有很多人主動在 TED 上聽演講？

提到 TED 演說，大家可能腦海裡會浮現這樣的畫面：

在紅色圓點上面演講 → 分享一個兒時故事 → 揭發自己的小秘密 → 用有力的結尾呼籲大家行動

然而，只要有這些東西，就可以讓你的演說成功，和 TED 影片一樣，達到病毒式傳播給數千萬人的效果嗎？這就是 TED 演說成功的「公式」嗎？

「如果你只學到這些表面，你的內容只會既濫情又老掉牙。」克里斯 · 安德森（Chris Anderson）是 TED 大會的策展人，也是讓 TED 如此成功的幕後推手。你可能不知道 TED 大會自 1984 年推出至今，已過了 36 個年頭，安德森於 2002 年接下領導棒，親眼見證並催生了許多震撼人心的 TED 演說，也從那些厲害的講者身上學到許多厲害的演說技巧。根據這些演講，他整理出一些心得與大眾分享：如何打造出一場成功的 TED 演說。

首先，你要在觀眾心中植入一個「概念」。你會發現，在所有精采的 TED 演說中，即使他們的主題天差地遠，這些講者始終記得他們在演講中最重要的任務，所有演示都是為了完成這個任務，沒有例外。

這任務就是：當你在演說時，必須把你想傳達的概念（idea）建構到觀眾心裡，在觀眾的腦中產生一場思想革命，掀起一場腦力風暴。

當演說正進行時，現場的 1,200 位觀眾與其他線上觀眾，都同時跟講者進行思想上的同步，同樣的思考神經迴路被快速複製，在所有聽眾的大腦中流竄。

由於我們的思考系統由許多大大小小的「概念」所組成，他們錯綜複雜、相互影響，使每個人形成獨特的世界觀，不同的世界觀，讓不同人在看到同樣的畫面時，會產生不同的想法，每個概念都影響了你的價值觀，隨之改變你的行為。

這也是為什麼概念如此重要，經過適當的概念傳播，你可以永遠改變一個人對世界的看法，讓他的行動產生深刻地改變。甚至可以這麼說，改變「概念」，是促進人類文明進步最有效的手段，也是 TED 標語「傳播值得分享的好想法」（ideas worth spreading）的核心意涵。

好，現在了解概念的力量有多大了，那該如何把概念傳遞給觀眾呢？

1 核心概念的呈現

概念通常很複雜，你必須刪減精煉你的內容，專注在傳達最重要的東西上面，你才有足夠的時間和空間更好地解釋這個概念。你必須做到給出前後脈絡統整、舉例，讓它更易吸收、貼緊主題並貫穿整個內容，你只能呈現你最核心的概念。

2 為什麼要知道這件事

在開始之前，你必須解除觀眾的警戒心。最簡單的方法就是引起他們的好奇心，講者可以用一些有趣的問題、甚至是挑釁的問題，去突顯為什麼這件事情特別需要被關注。如果你能明確指出觀眾平常思考的盲點，他們就會產生動機想進一步了解，你也更容易在他們心中建構你的概念。

3 建立概念急不得

不要急著將想法一次灌輸給觀眾，而是要從他們已知的東西開始，使用他們的語言，以觀眾的角度為出發點。有許多專業的講者就經常忘記這點，他們習慣的術語和概念，對觀眾來說是完全陌生的，這時若能用已知的事物進行比喻，才是一個最適切的做法。

4 好概念必須真正值得分享

回歸初衷，最重要的是你演講的概念是否值得分享，先問問自己：「誰能因為我的這個分享受到啟發？」你必須誠實回答這個問題。如果這個概念只有你自己或少數組織能從中得益，那它或許並不是這麼值得分享，但如果這個概念足以改變某人的一生、或是從此改變他們的價值觀，你就離完成一場好演講更近一步了。

人人都能成為超級演說家

俗話說:「酒香不怕巷子深」,意思是酒如果釀得好,就算店開在很深的小巷子裡,也會有人聞香而前來品嚐。

然而時代在變遷,在資訊爆炸的社會裡,我們已不能再消極地等待偶然的過客來發現酒香,然後等待漫長口耳相傳的過程。美酒就好比人才,即使是「千里馬」,也需要完美包裝、自我推銷,才能贏得伯樂的賞識。

現在社會競爭激烈、人才濟濟,想在社會上取得一席之地或找到一份穩定的工作,得先讓別人了解你。在求職的面試中,吸引面試官的首要途徑就是言談舉止,一個沉默寡言的人不會因說錯話而喪失機會,卻會因為沒有說話而喪失更多的機會。

所以,我們要儘量尋找當眾講話的機會,鍛鍊自己說話的膽量,比如參加朋友生日聚會,在適當的時機主動向壽星致辭。在聚會上,勇於站出來展示或抒發自己內心的想法,這樣不僅能活躍現場氛圍,也能訓練自己的演講力,別再錯失任何能說話的機會,即使是三五好友的閒聊,也是一個機會,牢牢抓住,當你不再畏懼於小場合的演講,才能奠定在大場合上談話的基礎。

演說讓你打開知名度與影響力

教育界有多少老師學富五車、才高八斗,卻因為不擅言詞而使學生在課堂上昏昏欲睡,教學評鑑被打了低分;職場上有多少員工明明好點子一籮筐,專業技能掌握得比別人嫻熟,卻因為不擅言詞而不能一展身手,無法得到重用。

你也許會想:「我只是個學生、我只是個普通的上班族、我只是個家庭主婦、我已經是一間企業的老闆,這種事交給員工就好,我並不想當講師,更不想站上舞台,為什麼要學習公眾演說呢？」沒錯，你的天賦不一定在演說上，你不見得要成為講師或是演說家，也不一定有站在舞台上說話的機會。

但演說作為語言特有的表達形式，不僅是一種強而有力的溝通手段，還包含了豐富的資訊，能宣傳你的思想，展現個人魅力，拓展廣大的人際關係，在生活、社會中發揮重要作用，講者不僅能透過演說讓觀眾理解和接受自己的觀點及主張，更能號召聽眾採取一致的行動。

開口說話，就是為自己「打廣告」。我們經常看到許多不善於說話的人總會遇到尷尬情況，他們無法準確地表達出自己的意圖，讓聽者感到難以理解，更談不上產生共鳴、接受他的意見，造成溝通上的各種困難，影響工作、甚至是生活，自己也深受其擾。

成功者不一定有好口才，但具備好口才的人較容易成功，除了能說，更要說得對、說得好，得到的就會是你想要的結果，這就是公眾演說的威力所在。公眾演說可以幫助你突破內心的恐懼與自卑，提升自信與個人魅力，強化你的說服力、領導力和競爭力，只要你學會在公眾面前說話而毫不畏懼，你的力量就能倍增百倍。

有時候演說不只是一門說話的學問，更多時候它可以發揮你的個人魅力，為你贏得掌聲與勝利。前美國總統歐巴馬（Barack Obama）就是一個經典案例，歐巴馬當年在競選總統時並沒有特別占上風，是他的演說能力為他加了許多分，在競選過程中，連歐巴馬的夫人蜜雪兒（Michelle Obama）也以公眾演說幫助他造勢。

而如何吸引更多的媒體至不同地方發表公眾演說，不斷宣傳自己的執政理念以持續拉抬選票，才是總統競選成敗的關鍵。2004 年，沒沒無聞的歐巴馬正在競選聯邦參議員，當時他被派任發表民主黨黨綱和政策的「基調演講」（Keynote Address），他親自擬了一篇主題為《無謂的希望》的講稿。

在演說中，歐巴馬提出消除黨派分歧和種族分歧，實現「一個美國」的夢想，由於他的演說慷慨激昂，使他宛如一匹迅速竄紅的政壇黑馬，成為全美知名的政界人物。

歐巴馬非常善於演講，他那雄辯的口才、燦爛的笑容，比習慣鏡頭的明星們更有光環，他從基層一路走到白宮，他極具個人魅力的演說俘獲了眾多美國人的心，成為美國矚目的政治明星，也為日後入主白宮奠定堅實的基礎。後來，他傳奇性地當選美國總統，成為美國史上第一位非洲裔黑人總統。

出色的演說為歐巴馬贏得眾多的掌聲，也為他贏得眾多的支持者，讓他以絕對的優勢成為美國第四十四任總統。歐巴馬的演說風格流暢恢弘，字字擲地有聲、句句催人奮進，激發年輕選民的熱情，他那穿透力十足的嗓音，使他每一場演說都能緊緊抓住群眾的心。

古今中外，歷史上從不乏能言善辯之士，從蘇格拉底（Socrates）、馬丁・路得・金恩（Martin Luther King, Jr.）到歐巴馬，他們成功的演說都能夠左右千人、萬人的情緒。好的演說能將觀眾帶入講者的世界，讓觀眾隨著演說的內容忽喜、忽悲，或於會心處捧腹大笑，或於動情處潸然淚下。

央視有一節目《贏在中國》，評委中最出色的就屬馬雲，他的三寸不爛之舌收服了無數電視機前的觀眾，不只替自己做了免費的形象廣告，日後又利用資源，將點評彙集成冊，出版一本《馬雲點評創業》，賺稿費的同時，也為自己累積人氣，提升個人魅力，這些演說對馬雲的影響力有極大的正面提升。

事實上，現代社會中那些在股東大會、電視採訪等公開場合侃侃而談的企業家，比起那些躲避聚光燈的人來說，更容易成功。就像馬雲並非等到自己成功之後，才開始到處演說，大放厥詞地發表一些自己獨特的看法。在他創業的過程中，他的嘴巴從沒有停過，在諸多場合上從不忘記傳播與推銷自己，在成功宣傳自己的同時，也累積了人氣，強化了極大的個人魅力，這也是他擴大影響力的重要關鍵。

這就是公眾演說的威力，演說就是宣傳、行銷，是擴大品牌知名度和影響力最有效的方式，特別是在創業初期，沒有太多的成本曝光、廣告時，公眾演說是一個很實用的方式，必會帶來一些收穫或效益。

 以演說創造人脈和錢脈

一般人之所以不重視口才，其實是因為他並沒有看到好口才所能帶來的財富效應，因而將口才看作「嘴皮子」工夫，認為「會說話」並不能對生活產生什麼實質性的影響。

但事實果真如此嗎？時代已經改變，現在靠演說「籌錢」（企業募資）、「賺錢」（銷售式演說）的人越來越多了。例如，前美國總統柯林頓（William Jefferson Clinton）在退出政壇後，便開始四處演說的生活。2005 年柯林頓受邀至中國深圳，在一個多小時的演說中，柯林頓輕輕鬆鬆便賺得 25 萬美元，據美國媒體估算，柯林頓光靠演說，每年可入帳約 2,000 萬美元。

很多人會謙虛地說：「我還沒有什麼成功的作品和經歷……不好意思上台演說……」沒錯，但就是因為你還沒有知名度，才更要勇敢上台宣傳你自己和你的團隊、公司、產品和服務！當你有上台的機會時，這就是一個對公眾曝光、介紹、毛遂自薦的絕佳時機，無論台下有多少觀眾，無論他們有沒有反應，無論是否有演說報酬，無論各種理由，你都應該抓住機會，盡全力地宣傳自己的團隊、公司、產品和服務。

馬雲用演說募資的案例更是無人不知，他在創立阿里巴巴帝國之前，是一名再平凡不過的英文老師，直到 1999 年初創辦阿里巴巴，人生產生極大的變化，如何讓公司獲得客戶的認可，是他面臨到的第一個難題。

為了打開阿里巴巴的知名度，馬雲到各所大學演說，也積極參加電子商務網路會議和論壇，宣傳他的 B2B 模式（Business To Business，指企業之間透過電子商務的方式進行交易）。沒想到貌不驚人的他，卻有著極具煽動力的口才和出色的商業頭腦，使阿里巴巴迅速獲得極大的曝光和知名

度，因而能被創投之神孫正義注意到。

風險投資 VC 從天而降，在一次面談中，馬雲僅說了 6 分鐘，就從日本軟銀創辦人孫正義手中獲得 2,000 萬美元的風投資金。你不得不說公眾演說的效果非常好，當講者站在講台上時，用音樂、影像、文字輔以他那充滿感情的語調時，觀眾便很容易「入戲」，認同講者所傳達的理念。

就像台灣的選舉造勢場合總要讓候選人在台上做一番激勵、感動人心的演說，甚至出現聲淚俱下的催票橋段，加上現場的氛圍渲染，聽眾在當下很容易受到講者的情緒影響，進而成為他的信徒。

笨嘴拙腮會使人到處碰壁；口吐珠璣能讓你左右逢源，公眾演說運用在外，就是為你自己、你的團隊和公司、產品和服務宣傳，更可以協助對外的危機公關處理，以及一對多的銷售；公眾演說運用在內，則可以協助公司內部做教育訓練、會議的召開及激勵團隊士氣。

柯林頓和馬雲的成功告訴我們：「好口才可以帶來實實在在的財富。」或許你一輩子也做不到像柯林頓、馬雲那樣擁有名人光環的加持，透過「說話」就能賺錢，但如果你想成為成功人士，就一定別輕易地讓財富從「嘴裡」溜走。

多數人對於上台說話都會產生強烈的排斥感，因為不知道該說什麼話，也怕說錯話，即使勉強自己上台說幾句，也會因為過於緊張而腦袋空白，導致沉默，或是不斷結巴，只能逼迫自己說下去，致使表達的資訊不精確也不完整，甚至連雙手、雙腳的動作都開始不協調。

但即便說話是你的罩門，你也必須要克服，不求完美，只求更好，因為只有出色的公眾演說能力，才能讓你的事業越發順利，成功打開人脈與財富之路。

股神巴菲特（Warren Buffett）曾在自傳《雪球》中提到：「事實上，我一直刻意避免在眾人面前站起來說話。你無法想像每次發表演說時我有多緊張，我害怕到一句話也說不出口，甚至會想吐。」沒人會想到，每年在波克夏公司股東大會上面對數萬名股東的巴菲特，竟然如此害怕公眾演說。

當年巴菲特研究所畢業、準備投入職場時，他知道自己將來必定得在公開場合對眾人說話，便報名了卡內基訓練課程（Dale Carnegie Training）。他說：「我去上課，不是為了讓自己演說時不發抖，而是為了讓自己在發抖時，依然能夠演說。」

巴菲特尚且如此，無論你是哪一種職務、身分，都應該培養自己公眾演說的能力，在這個時代，千萬不要再相信「沉默是金」了，沉默只會「失金」，讓你與財富、機遇徹底絕緣。

美國人權律師布萊恩 ・ 史蒂文森（Bryan Stevenson）於 2012 年 TED 年度大會上對 1,000 名觀眾演說，當演說結束時，聽眾起立鼓掌的時間創下 TED 的新紀錄，他的演說當時在網路上點閱率接近兩百萬人次，累計至今已達七百萬人次。

史蒂文森分享有關美國司法某些令人難受的事實，他用大規模的種族不平等待遇作為開場，敘述有 1/3 的美國黑人曾坐過牢，但其實根本沒有犯上什麼罪，將隱藏在美國歷史中的種族問題提出來，進行坦白且深具說服力的討論。

史蒂文森在短短 18 分鐘內，完美地吸引了聽眾的注意，抓住聽眾的靈魂，此次演說非常成功，當天出席者共捐了一百萬美元給史蒂文森所成立的非營利機構「公平正義組織」，也就是說，他每分鐘的演講價值就超過 55,000 美元。

史蒂文森的演說沒有任何 PPT 輔助，沒有圖表和道具，只用口頭敘述便大大感動了觀眾。你可能沒有天生的好口才，但不用擔心，因為絕大多數的人都沒有，只要持續精進、投資自己公眾演說的能力，長期下來，你就能形成自己的個人品牌，拓展你的人際網絡，使你日後受益無窮，掌握更多有形的財富和無形的機會。

搭建框架
～演說前的準備工作～

- 如何克服心中的恐懼？
- 一場好演說的關鍵
- 演說內容的蒐集與規劃
- 演說大綱的撰寫與擬稿

BEST SPEAKER: GIVE A WINNING SPEECH EVERY TIME !

如何克服心中的恐懼？

當遇到需要（被迫）上台說話的時候，多數人的反應通常會是：「一定要上台嗎？……好緊張，可以不要嗎？」

在公眾演說之前，講者最重要的準備工作之一，就是「克服內心的恐懼」。講者要表現出專業與自信，毫無畏懼地上台，落落大方地為觀眾進行一場精彩、有收穫的演說，這是觀眾對講者普遍抱有的期待。

美國人際關係學大師戴爾・卡內基（Dale Carnegie）畢生從事演說教學事業，他在分享自己的經驗時，曾說：「我一生都致力於協助人們克服恐懼、增強勇氣和信心。」

許多人害怕當眾說話的原因，多半是害怕上台之後忘詞、出洋相，這種恐懼心理就是怯場。就連馬克・吐溫也說：「每次演說的時候，我都覺得自己的嘴裡塞滿了棉花，有點不知所云。」即使是經驗豐富的演說家，在走上講台、面對眾多觀眾時，也免不了感到一陣緊張，更不用說一般人了。

在職場中，逐步晉升的管理階層會發現，管理者的口才和表達的技巧越來越重要，就像一國的領導人不可能躲在幕後工作，你需要站在員工面前，站在群眾面前時，就必須調整好狀態，發出自己的聲音、說出自己的意見，這是職責所在。

當你感到內心惶恐不已，甚至身體已經開始微微顫抖時，不妨運用以下技巧來協助演說時表現得更自然、完美。

上台之前，想像自己發揮到極致

據說 NBA 洛杉磯湖人隊的教練菲爾 ・ 傑克森（Philip Douglas Jackson）在每

一場比賽之前，都要在家做最少 45 分鐘的臨場想像，他也常要求運動員作心理訓練，不斷想像自己的體能發揮到極致的感覺。

當面對即將上台的緊張和無助時，你可以進行積極的自我激勵、自我催眠，給大腦和內心良性的自我暗示，例如：「我準備充足，絕對沒有問題！」、「我一定能帶給大家一場極有收穫的演說！」、「不習慣只是剛開始，我馬上就能進入狀況！」並想像演說正在進行，跟平常一樣正常發揮，自然地上台、行禮、自我介紹……並運用手勢增強演說的感染力，接著微笑走下舞台，台下響起雷鳴般的掌聲。

當我們與認識的人說話時，每個人都能聊上幾句，可一旦上台演說，面對廣大的群眾時卻有明顯不同。例如面對親朋好友時，談吐自然；面對眾多的陌生人，特別是有上司、老闆或者專家在場時，就言詞閃爍，非常緊張，害怕說不好、說錯話。

在場地、觀眾的秩序良好時，可以表現得很好；在場地與觀眾出現狀況，例如音響、麥克風設備出問題，觀眾反應不佳時，會自亂陣腳，無法順利完成自己預先規劃好的演說。

當你能運用積極的心理暗示，為自己打氣、找回自信時，此時大腦就會活躍起來，產生意想不到的力量；當實際上台演說的時候，就會致力於「完成想像」，完成你上台前的「內心彩排」；當演說結束的時候，你會發現台下觀眾的掌聲真的不絕於耳。

練習、練習、再練習

在電影《王者之聲：宣戰時刻》（The King's Speech）中，內容描述的是現任英國女王伊莉莎白二世（Elizabeth II）的父親——喬治六世國王（George VI）治療口吃的故事，電影根據真實歷史故事改編而成。

喬治從小就患有嚴重的口吃，其後因為兄長愛德華不負責任的退位，不得不加冕登基，為喬治六世。當時曾與妻子尋找澳洲語言治療師萊諾・羅格（Lionel Logue）

協助治療口吃，但在治療的過程中卻與羅格發生激烈的爭執因而決裂。

後來，喬治六世某日在家無意聽到羅格在他練習時所錄的音檔，發現自己第一次能流暢地說話了，於是又屈尊前去請羅格繼續為他治療。臨走時，喬治六世說：「我下周來找你。」羅格回道：「不，我每天都要見你。」

為了能順利發表國家的各種演說，喬治六世經歷了非常艱辛的語言訓練過程，他的口吃大為好轉，也與羅格成為好友。在電影的最後，喬治六世向當時二次大戰中的英國人發表著名的戰時演說，其聲調鏗鏘有力、富含感情，強烈鼓舞了英國全國軍民的士氣。

「大量的練習」是一場成功演說的必經之路，其實許多厲害的演講者總喜歡給人一種「假象」，那就是為了保持權威感，刻意不提自己那辛苦的練習過程，讓觀眾誤以為講者的演說能力是天生的。

其實，從一國的領導人到路邊的小販，他們之所以能滔滔不絕地說話且言之有物，這都是練習的結果，且引人入勝、打動人心的演說，更需要專業的訓練與長時間的練習。當然，也有天生口才好的人才，但那是非常少數的魅力型演說者，並不是每個人都能掌握臨場發揮的效果。

蘋果創辦人賈伯斯（Steven Jobs）總率領著團隊演練數百小時，才能完美地演出一場讓全球觀眾熬夜等待的產品發表會；前 Google、微軟、蘋果副總裁李開復也曾發文分享演說經驗：「為了成為出色的演說家，我要求自己每個月至少演說兩次，而且如果沒有事先排練三次以上，我絕不上台，我還會邀請同學或朋友旁聽，給我意見。我每個月也會去聽名家演說，向優秀的演說家求教。」

多數人在演講前，大都會將講稿背得滾瓜爛熟，就是為了在腦袋空白的時候，也能本能反應似地流暢說下去，思考一下，在上台之前，你得練習幾次才能將講稿完全內化為自己的一部分呢？

語言治療師萊諾 · 羅格也曾在喬治六世於聖誕節演說時，站在室內的麥克風前面對他說：「排除一切雜念，說給我聽，說給我這位朋友聽……」

公眾演說的緊張來自於缺乏信心，來自於不知是否能順利達成演說任務與效果的擔憂。你在演說的前一天可能就非常緊張，當天看到台下觀眾很多的時候，緊張感又加劇，但其實根本沒有人知道你當下有多緊張，因為他們是來聽你分享內容的。

你必須將緊張、擔憂化為助力，而非阻力，你可以告訴自己「適度的緊張能讓我表現得更好！」、「台下會有觀眾喜歡我、支持我！」例如：在公司會議報告時可能就是你的同事、主管；在外面演說時就是你的團隊、親朋好友、粉絲等等，無論你的表現是好是壞，他們必定給予你最大的支持和掌聲。

在演說之前，你可以思考你的內容會對觀眾產生什麼好處？在每次演說前問問自己，從觀眾的角度來思考，和他們互動，表現得像你和朋友相處那般自然，焦慮就會慢慢降低，而專心關注演說的內容。

當你開始緊張時，可以看看台下那些較友善的觀眾們的目光，那可以使你感到溫暖和放鬆，你更可以替自己鼓掌，因為你擁有這個機會，並且願意鼓起勇氣克服內心的恐懼上台。

別過度在意失誤

當然，在演說過程中難免會出現預期外的失誤，許多人在當下會念念不忘那個「不應該的」、「令人難堪的」失誤，而心不在焉，使得後段的表現也受到影響，因此「無視失誤」是講者非常需要練習的心理調適技巧。

就像歌手如果不小心忘詞、運動選手一直想著最初發生的失誤，那接下來就很容易將歌詞唱錯，或下一球又沒投進。如果你真的一時之間腦袋空白、忘詞，你可以大方承認，因為觀眾看著你在台上不知如何是好，他們也會覺得尷尬，希望演說能順利進行下去。

也就是說，無論台上發生什麼狀況，例如：麥克風沒電、講稿的前後段落說錯、投影片無法播映、音響器材出問題，當下的關鍵就是告訴自己「狀況已經發生了，但是還好，並不嚴重，只要現在專心於後續的表現，一樣是很棒的演說！」

演說家少有天生，所有的講者在正式登台前都需要進行心理建設，沒有誰一上講台就能和觀眾侃侃而談，完全不會怯場、出錯，即使你出錯了，沒有人會一輩子記得那個錯誤，你只要微笑帶過即可，不要自己把錯誤放大化。

當我們面對登台之前的緊張時，可以先將演說內容的準備工作做好、做滿，讓自己平靜下來，確保自己能以平常心來進行演說，多給自己積極的心理暗示，就可能完成一場成功的演講。

從生物學來看，當面臨危險時，我們身體就會產生一系列的反應，讓你呈現緊繃狀態，這被稱為「戰鬥」或「逃跑」反應，讓動物準備好迎敵或是走為上策。

當人類開始思考負面的事情時，大腦裡面的下視丘會開始分泌賀爾蒙，刺激腎上腺素的分泌，並且透過血液傳送到全身，使我們出現幾種反應，例如脖子和背部的肌肉開始收縮，以致頭和脊椎開始緊繃，整個人呈現一種僵化的感覺。

如果此時想要試著伸展背部，回到正常狀態，手腳就會因為身體本來正在進行「戰鬥」或「逃跑」的準備而開始微微顫抖。此時血壓會突然升高，消化系統也會暫時停止運行，全身的血液集中，以準備面對即時狀況，這也是為什麼人們總在上台前會覺得口乾舌燥。

有些人的瞳孔甚至會開始擴張，無法清楚閱讀演說大綱，但是也會因為瞳孔放大的關係，能讓講者看向遠方的視線變得更銳利。一般來說，人們上台會感到恐懼是因為……

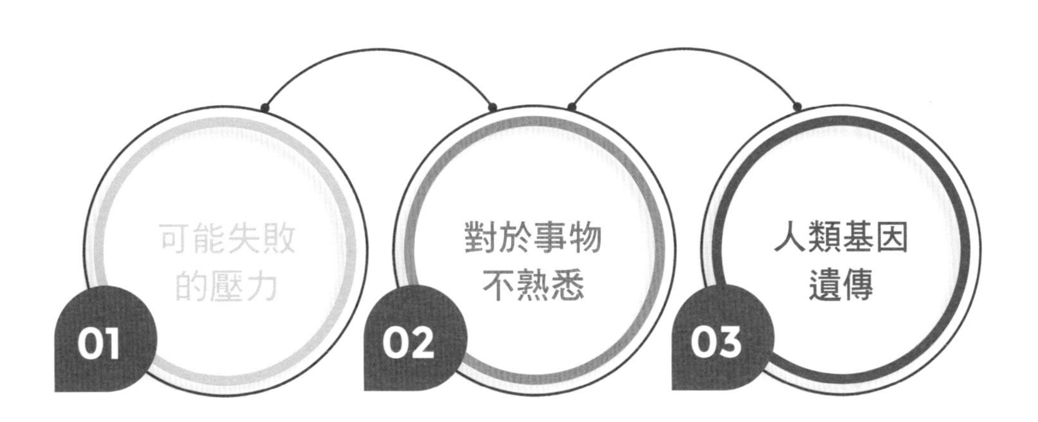

1 可能失敗的壓力

當客戶或是指導教授要求你上台報告時，生意能否談成、作業能否拿高分便成為內心一種潛在壓力，如果搞砸了，就可能導致你的業績低落或無法畢業。當失敗的機率增加，就會致使壓力增加，引起人體分泌大量賀爾蒙，造成非常嚴重的焦慮感。

2 對於事物不熟悉

每個人都知道，許多「第一次」的體驗總令人緊張、崩潰。例如：開車新手總是握緊方向盤，怕隨時一個不注意就發生車禍，但開了幾年之後，就算邊開車邊說話，甚至是唱歌，也完全不緊張了。

也就是說，只要能增加熟悉度，那人們的焦慮、緊張就會降低，自然就能保持平常心，有效提升成功率與效率。

3 人類基因遺傳

當一個人面對外在環境的干擾，其情緒反應的程度大小，人類的生物基因在此扮演了非常重要的角色。例如貓王雖已經表演了數百場演唱會，但他在登台之前，還是會緊張到想嘔吐，即便他是老手，仍受到先天基因影響，無法完全克服這種舞台的恐懼症。

曾有一個研究是，心理學家觀察一群撞球選手，發現資深撞球選手在有觀眾的場合下，撞球的進袋率較高；反之，資淺選手的表現較差。心理學家還發現，資深撞球選手在眾人之前的表現，甚至比自己私下練習的成績要好。

也就是說，如果你已經對自己的演說內容滾瓜爛熟，極有自信，那當你在觀眾面前演說，絕對會比自己私底下憑空練習表現得更好。

當你上台前，也可以做好以下工作來提高演說成功的機率。

1 檢查環境與器材設備

身為一名講者，要確定自己了解整個環境，例如：椅子的排列方式、演說使用的器材、麥克風、燈光等等。此外，提早到達演說場地，先熟悉現場所有的安排，讓你感到安心，因而減輕壓力。

2 和前排觀眾聊天

如果情況許可，在上台前可以先和前面幾排的觀眾聊聊天，一方面可以讓場面更友善，幫助你減輕壓力；另一方面，那些和善的臉也能助你演說得更輕鬆。此外，和觀眾聊天能讓你把演說的恐懼轉化為輕鬆的私人聊天。

3 使用洗手間

上台前最重要的第一件事就是先去洗手間，能有效幫助你舒緩緊張和釋放壓力，所以，請記得在上台前先去一下洗手間。

4 喝口水，最好是檸檬水

喝水能讓你減緩口渴，還能潤潤喉嚨。但是要避免冷食、甜食、冷飲、乳製品、碳酸飲料，以避免「鎖喉」，影響演說。此外，記得多準備一瓶水在講台，或任何你在台上伸手能及的地方。

5 做臉部放鬆動作

透過做臉部動作放鬆臉上的肌肉，例如張大再閉緊眼睛和嘴巴。

6 深呼吸

上台之前，緊張的情緒會讓我們的喉嚨還有全身的肌肉變得緊繃，此時透過深呼吸來放鬆是很重要的。千萬不要小看長、慢、深呼吸方式的力量，這個動作能增加你流進肺部、腦部的含氧量，讓你緩和腎上腺素對於「面對」或「逃跑」的反應機制，同時也會讓你的身體開始產生正常的放鬆反應。

上台前的最後幾分鐘總是特別折磨人，一般來說，恐懼最嚴重的時候，通常發生在上台前，而不是演說當中，所以請務必花個幾分鐘讓自己冷靜下來。有些人會去洗手間深呼吸並伸展肌肉，深呼吸之後，可以有效減緩焦慮，思緒變得容易控制，對於較敏感的講者來說特別有用。

7 演說前，預先想好站的位置

如果你即將開始演說，你可以先走到舞台的後方習慣一下，因為坐著的姿勢讓你沒有動作，非常被動、而且沒有活躍感。但當你站起來的時候，你就可以提前把身體的能量放出來，讓身體有機會暖身，此時，身體就會處於準備行動的模式。

上台前，你也可以在腦中想一些充滿喜悅的事情，或是做一些正面發想，這可以提高大腦和身體連接的能力，學習如何去運用你的思想，正面地去影響身體上的反應，且透過這個做法，你能刻意降低壓力，也提高自我掌控的力量，只要你可以保持正面的想法和畫面，就能做到。

例如你正想著：「我緊張死了，而且好像準備得不夠，等下上台就完蛋了。」可以改成：「我絕對是這個主題的專家！」、「我準備充分且完美，迫不及待想和大家分享！」身體狀態就會有明顯的改變。

登台前，也別忘了保持微笑，表現出正面、從容的表情，笑容可以放鬆身體，站在生理學的角度，笑容會激發腦內的激素來放鬆你的神經，製造舒適的感覺。此外，笑容也象徵著自信和自我肯定，表現出你很樂意見到台下的觀眾，充滿熱忱地進行分享。

雖然公開演說會讓講者承受巨大的壓力，然而不論身處哪一種行業，這都屬於必備的技能，上述這些簡單但相當有效的小技巧，能確實幫助你克服上台前那痛苦、緊張的時刻。

一場好演說的關鍵

要創造出一場好演說需要符合許多標準，所謂「好的演說」其實就是「用自己的話，替別人的想法或說法下自己的註解」，讓觀眾明確知道「你要做什麼」，比「你是誰」更重要，進而再解釋「為什麼是你，而不是別人」。

演說表現得差的原因通常是「內容乏善可陳」，也就是講者肚子裡的墨水少，以及「表達能力不好」，講者的言語和肢體語言無法讓觀眾理解他想要傳達什麼。例如：說話繞圈子，說不到重點、無視他人感受，不管順序及輕重，一股腦地全說出來、說話沒有自信、照本宣科唸講稿等等。

在職場上，有些人想巴結上司，在匯報工作時便會滔滔不絕、事無鉅細地統統上報，殊不知這樣的說法反而讓人更厭煩；有些人在管理下屬時，為了顯得自己有水準，說話時總喜歡穿插英語或專業術語，自以為高人一等，但其實對方已聽得不耐煩。演說也是如此，並非一昧地賣弄文采或吹牛，就可讓觀眾信服。

要成為演說高手，需要有深厚的文化、知識、經歷或專業等作為後盾，即使有品質良好的講稿，也需要講者勤加練習加以內化，才能讓演說更完美。

1 不完美的主角

幾乎所有書和演說都會有一個吸引人的主題，那就是主角小時候相當貧窮或一生充滿挫折、不順遂。

2 目標要夠偉大

好比主角的目標是成為光宗耀祖的台灣首富。故事要能讓觀眾融入，產生和講者一起努力的奮鬥心。

3 不放棄的堅持

要具備「不放棄」的元素，因為屢敗屢戰才能產生撼動人心的力量。

前英國首相邱吉爾（Churchill）於劍橋大學的一次畢業典禮上發表了史上最短也最為知名的一場演說，會場上有上萬名學生等待邱吉爾出現，邱吉爾在隨從的陪同下走進會場，緩緩地步上講台。他站定位置之後，將帽子、外衣一併取下交給隨從，然後默默注視台下所有觀眾，過了一分鐘後，他說……

「First, never give up ！」（第一點，永不放棄！）

「Second, never never give up ！」（第二點，永不，永不放棄！）

「Third, never nerver never give up ！」（第三點，永不，永不，永不放棄！）

說完這三句話，邱吉爾便緩緩穿上大衣、戴上帽子，離開會場。整個會場頓時鴉雀無聲，一分鐘後，當所有人反應過來剛剛發生的事情，全場響起許久不息的掌聲。

邱吉爾用他一生的成功經驗告訴人們：第一個祕訣是堅持到底，永不放棄；第二個祕訣是當你想放棄的時候，回過頭來看看第一個祕訣。

而當你想追求表現得更精采的演說時，可以補足以下幾點：

1 內容：意義非「三小」，意義極有意義！

猶記得先前有部電影《艋舺》中的經典台詞：「意義是三小？我只聽過義氣，沒聽過意義啦！」

然而「意義」的確是極有意義的，特別是你的演說要讓觀眾覺得有意義，所謂的意義就是要具備：「唯一」（Only one）、「第一」（Number one）或者「最快」（Fast one）的內容。那麼該如何做到「唯一」、「第一」或者「最快」呢？答案就是——把市場區隔得更小。

當你的定位縮小範圍時，你就會是「小市場」的唯一、第一，或是最快的那一個。

2 意義：解說「Why」

「意義」還必須要觸碰到「Why」的核心，例如多數老闆都希望員工不要有疑問，只管執行公司要求就好，而筆者會選擇花較多的時間告訴員工做這件事的意義是什麼，這樣他們出了會議室的門之後，就不會仍一知半解或是對指令存有埋怨。

整個演說過程必須由「Why」串起，因為「Why」才能收魂，而收住觀眾的魂之後，你才能收一輩子的錢。如果你做的是銷售式演說，你收到了第一次銷講的錢，卻收不到第二次，那一樣沒有幫助，因為這並不存在著終身價值，也就不會有所謂的被動收入。

3 加入動人情節，了解觀眾感受

講者需要在演說裡加入調味料，也就是動人的情節、故事，並試著轉換立場，了解觀眾在過程中會感受到什麼樣的情緒，以此為根據來調整內容。

此外，當你有上台說話的機會時，要記得盡量說些好的事情，分享美好的事物，少說壞事或是以消極的言語來闡述，影響到自己和台下的心情。

聽眾對演講者的期望是，即使是 15 人或是 1,000 人的集會，也要像一對一那樣親近地直接對話。不要想著怎樣演說，而是怎樣才能將主題簡單又明確地說給大家聽，對於完全是門外漢的聽眾，就好像讓我們自己看到與他自己看到的東西一樣，演講當然是相當的成功。

人都喜歡聽故事，特別是已經坐了幾小時的人，他們都悶了。如果你說一個有趣的故事，他們一定會比較有興趣，除了能吸引聽眾的注意，這個技巧也能把觀眾代入角色，讓他們自己感受一下，從而更加明白演講主題。一個小故事能把抽象的事情大致呈現出來，記得講故事的時候應該生動一點，平靜的述說較沒有說服力，很難把聽眾的情緒帶進來。

而一場好的演說，也有幾點是我們必須注意的……

1 避免嚴肅的主題或死板的內容

常說幽默是最吸引人的調味料，如果能在演說中適時加入一些笑點，以幽默的方式呈現，你的內容會更容易被觀眾所接受。那要如何加入有趣的內容呢？你平常可以多蒐集多方趣聞，或設法將生活中有趣的片段轉化為笑料，生活化的趣聞很容易使觀眾產生共鳴。

在演講的過程中，多加使用比喻法或類比法，以好的「浮誇」方式（演說中的「演」）呈現，往往能產生戲劇性的效果，吸引觀眾的注意力。我們當然也可以說一些負面、嘲笑的話，以黑色幽默的方式來呈現，但你記得千萬不要「嘲笑別人」，倘若一定要批評，也記得轉個彎，以婉轉的方式述說，用一段故事來反諷，例如楚國大夫宋玉的《風賦》便是如此。

宋玉是誰？他是屈原的「同事」，屈原和宋玉同為戰國時代楚國的大夫，但是屈原比較笨，直接向楚王諫言因而被貶官，最終走上投河自盡的命運；反之宋玉就比較聰明，不但自保還能升官。

當時宋玉向楚王說了一則《風賦》的故事，宋玉說：「風啊，有兩種，一種是好的風，一種是壞的風，好的風會吹到好人，帶來好的結果，壞的風會吹到壞人，帶來壞的結果。」反諷楚王不幸地被壞的風吹到，導致國家發生不好的狀況，因此要趕緊引入好的風，讓國家恢復繁榮；其深層的意思就是委婉地向楚王表示「反正都是別人的問題，不是你楚王的問題，但是該改的地方還是要導正為宜」，轉個彎罵人。

2 別讓觀眾有「默背講稿」的感覺

當你在演說時，要用感情輔以肢體語言來和觀眾對話，你的臉部表情可以誇張，但肢體語言不宜過於浮誇，否則容易分散觀眾的注意力。且演說時注意音調的抑揚頓挫，可以讓你更強調重點，觀眾能吸收多少內容，往往從講者說話速度的快慢與用詞的難易度來決定；觀眾關注講者的程度，則是由他們對講者的感覺來決定。

例如先前美國總統大選時，候選人希拉蕊用了很多高中以上、大學程度的詞彙，反之川普演講時的用詞相當簡單，99%為初中的詞彙，甚至連小學生都能夠理解，結果是川普當選。當然，一名候選人能夠當選總統有著諸多因素，但運用簡單的詞彙來表達，能讓各階層的選民都理解你所要闡述的政見，且較有親切感。

好的演說要讓人感覺講者自然而真誠，塑造出一種與朋友聊天的感覺，若能讓觀眾感到放鬆且毫無防備，你就有可能完成世上最難的兩件事，也就是「把你的思想放到觀眾的腦袋中」，然後「把客戶的錢放入自己的口袋中」。

3 適當的停頓

對於口才不好的人，或者因為「口才太好」以至於常說廢話、說錯話的人來說，「停頓」是非常好的思考武器，同時沉默往往能使聽者警覺而回神，注意聽講者接下來會說些什麼。

「停頓」能夠激發觀眾的好奇心，適時的沉默也有助於加強演說中故事的戲劇效果，尤其是當你強調了重點或者說了笑話之後，一定要停頓，如此能讓觀眾更牢牢記住你的重點，或者是笑得更大聲、更久一些。

4 說故事更具人性、更有說服力

舉例來說，當你在做銷售式演說時，如果只是強調自己的產品或服務有多好、多有效果，還不如給顧客一個真實的故事案例，如此更能打動他。

你可以說自己的、別人的、品牌的故事，在過去經驗中，筆者在中國大陸各地的演說，最受歡迎的往往是歷史故事。但也別忘了，所有的故事都需要經過自我消化，參透其中的涵義、含章內化後，對外才能清楚地行文若水。

天下所有問題的解決之道就是「換位思考」，說故事的角度如果能換位思考，效果將會加倍展現，且「對比」要足夠強烈，故事才會更精采。

5 用熱情感染觀眾、點燃世界

那些能夠激勵人心的經典演說，講者大都對於自己的演說內容感受強烈，且充滿熱情，他們打從心底認為自己的想法一定對觀眾或對世界有大有益處，因而急切地想與大家分享。

當然，熱情不限於言語，有人說出來、有人寫出來、有人唱出來、也有人舞出來……如果你對一件事的想法是「有的話很好，沒有也無所謂」，那麼這件事一定不是你的熱情之所在；反之，如果你很願意去做一件在責任與義務之外的事，熱情很可能就出現了。也就是說，轉折點就在於「有沒有什麼事情讓你感覺非做不可？不做會終身遺憾？」

許多人都曾詢問過筆者，當初在補教界遠近馳名 20 多年，為何突然就不教了呢？因為我發現自己已經喪失了熱情，每年改變的只有學生的面孔，我講授的課程內容始

終是一樣的，就像賺錢的殭屍一樣，教課讓我賺到滿滿的財富，但內心十分空虛，心裡不踏實。

後來我決定轉換跑道，將職志改為成人培訓，專注於各式商業類課程，每堂課的主題都不同，必須花非常多的時間去準備教材與出書，我從中重新找回我的熱情，現在更與世界接軌，代理國際級課程，諸如 BU 或區塊鏈認證班及改變人生……等，且不僅限於致富，更提升至精神層次，除賺錢外，我們的內心也要富足。

所以，只要靜下心來，問問自己內心深處的渴望是什麼，就可以聽到來自心海的回應，但千萬不要因為內心的回應與你原本的想法不符，就馬上否決來自心海的聲音。

如果你做一件事情，總覺得不太對、很無聊，對這件事情毫無興趣，那就應該盡快停止；如果你老是魂牽夢縈著一件事情，覺得不去做實在是個遺憾，那這就是你熱情之所在，得趕快去做。只要你抱持著這種心態去執行，最後一定能有所成就。

熱情，非常重要，要做你有熱情的事，但不要將賺錢視為你熱情之所在，而是要把賺錢看作附加價值，這也是首富之所以能成為首富的秘密。

6 新奇的見解、不同的角度，抓得住觀眾

在演說內容中，最好的亮點、賣點其實就是「新鮮感」。只要換個角度表達，往往可以讓舊聞、舊事變得新奇，而讓人印象深刻。新見解與新角度依靠的往往是「聯想力」，而訓練聯想力最好的方法便是「心智圖法」（Ming Map）。

「心智圖法」又稱為心智地圖、樹狀圖等，是由英國的心理學家東尼 · 博贊（Tony Buzan）於 1970 年提出的一種思考輔助工具。心智圖是透過在平面上的一個

主題出發，畫出相關聯的事物，像一個心臟及其周邊的血管圖，故稱為心智圖。由於這種表現方式比單純的文字更接近人們思考的空間想像，因此越來越為人使用於創造性思維過程當中。

像近期筆者跟魔法講盟共同開辦一個 BU 學習之旅的活動，起初便是以心智圖來進行發想。

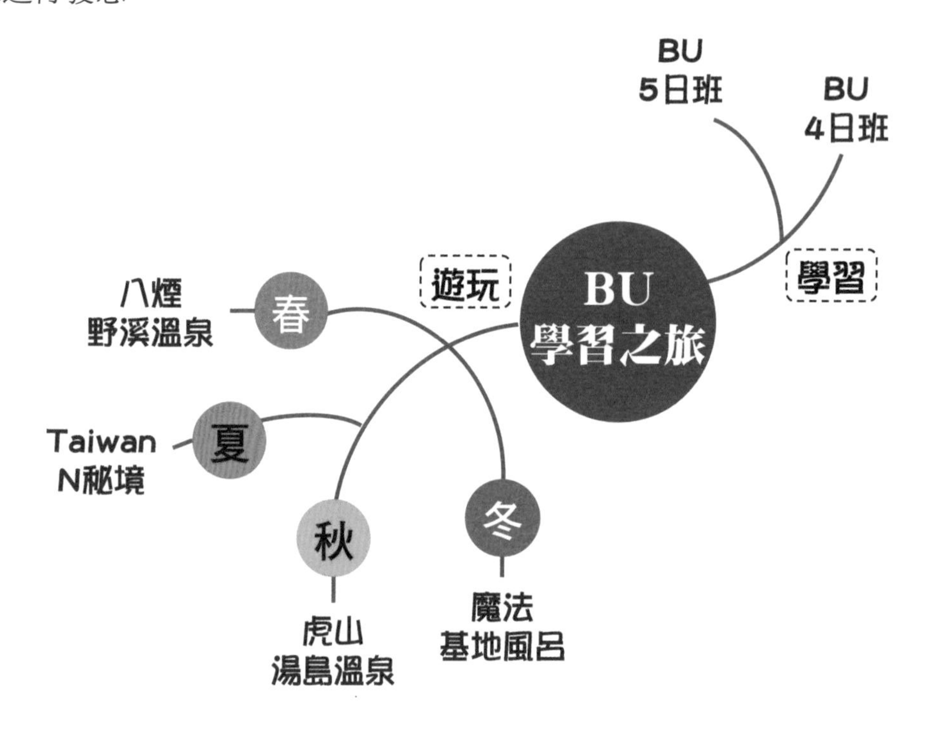

那畫一張心智圖需要哪些技巧呢？

- **步驟一：**準備一張橫放的紙，最好是 A4 或更大張的尺寸，以及三種顏色的色筆，因為顏色可以幫助記憶和想像，所以若能依據不同類別主題給你的感受，搭配不同的線條顏色較好。例如特別重要的就可以使用紅色。
- **步驟二：**將要整理發想的議題或主題，寫或畫在紙張中間。
- **步驟三：**依順時鐘方向，將中央主題聯想出的「關鍵字」，寫在拉出的線條上。一條線只能寫一個關鍵字，這能讓思考圍繞著中央關鍵字，不偏離主題。就好比 BU 學習之旅，基本可以分成學習和遊玩兩個關鍵。
- **步驟四：**從各個關鍵字開始聯想，將線條向外以放射狀延伸，並繼續寫下第二層、第三層的關鍵字，依序分層、分類，你的閱讀和思考就會更有邏輯。

接近中心主題圖像的關鍵字越抽象，越往後越具體。關鍵字應以一個名詞或一個動詞為主，因為這兩種詞性最容易視覺化與掌握關鍵概念，除非必要才會加上形容詞和副詞。最後檢視全圖時，就能對事物全貌有客觀的思考，不至偏重或遺漏某個項目。

7 有情境畫面，觀眾才會有感覺

在演說中，任何複雜的內容都可以用故事與畫面來表現；任何高深的理論，都可以用圖像和數字簡化，你的畫面描述要能感同身受，讓觀眾有身歷其境之感。

TED 最受歡迎的演說幾乎都是充滿真實感的想像力描述，例如台灣知名作家蔣勳充滿感情地朗誦他的現代詩《願》。讓觀眾產生感受的往往來自非語言的力量，也唯有讓觀眾有所感受，他們才能記住內容，才有可能接受你要傳達的思維。

一般人所認知的情境故事最早由英國 ID TWO 設計公司與美國設計公司 richardson & smith 共同為全祿公司開發影印機面板設計所用的方法，最先的應用是從觀察使用者情境開始，然後才慢慢被廣為應用於各類產品設計上，所以情境故事法最早是應用於互動設計，但現在你可以與你的演講相結合。

情境故事是指想像的故事，讓我們用來探討一個未來情景下的構想、主題，所以故事內容一定要有視覺，或其他感官體驗，可以藉由圖畫、照片、影片或模擬的方式來表現。而這些工具的選擇，則取決於我們要描述的行為，何種能將主題表達得最清楚。

把一件事情、概念、情感等傳達給他人時，語言可謂一種最直接的工具，但語言未必是萬能的，還必須透過其他肢體及音調、表情等方式加以傳達，但一般在接受這大量資訊時未必能及時了解，對於較抽象的的事物或感性的事物，無法快速理解及進入狀況，所以若能透過情境的模

式，演說效果將大大加分。

在演說中，一個好的故事不只是講者「會說故事」，也同時是講者對相關主題素材的熟悉度已能在大腦中理解、翻轉之後，自然地用新的故事線調度出來。當素材內化的夠深，故事才會自然地呈現，而自然的故事才精彩。

一場好的演說是有公式可以遵循的，只要了解公式並多加練習技巧，任何人都能成為一位優秀的演說家。透過專業訓練，就算你真的是一名素人，沒有任何上台演說的經驗，也能學會優秀的演說家是如何表達言語、肢體動作、眼神以及帶動現場氣氛的技巧。

演說內容的蒐集與規劃

一場演講，主題的好壞有時直接反應了內容的精彩與否，若講者的主題沒有太大吸引力，那麼他的演說內容必定也是平實無華，因此演講者從下主題就要很考究，在訂定主題時要極具吸引力。

而主題的好壞往往來自於觀眾的需求，只有根據觀眾需求去選主題才能真正引起他們的興趣，並能夠傳達觀眾知識和資訊，這才容易成功。

主題可謂一場演說的靈魂，貫穿於整場演說，講者思考主題時必須考慮目的和觀眾的素質，決定哪些觀點需要有論據支持，必須蒐集資料，以便能清楚且具創意地帶出自己的想法。

在準備演說之前，得先思考自己想說些什麼、想告訴觀眾什麼、想傳達給觀眾什麼，將你想傳達給觀眾的主題確立下來。

當主題決定之後，接下來才是蒐集內容相關素材、安排架構、擬定講稿和大綱、進行練習等流程。

多數講者的演說主題都是單一的，例如對某主題進行演說，或是針對政治、社會、經濟等事件進行評判，或者激勵觀眾，或是為了宣傳、行銷自己的產品或服務等等……只有主題單一，才可能將內容演說得清楚、通順，引起聽眾的共鳴。

多數時候的演說時間都是有限的，若不能界定適當的範圍，就很容易東聊西扯離題，讓過程呈現一團亂，如此也會讓觀眾無法吸收想獲得的資訊。

為了避免混亂與紛雜，演說的主題篇幅不能過長，如果主題失焦，篇幅過長，就會讓觀眾不知所云，隨之產生厭煩的情緒，不利於演說的最終目的。因此，大多數的演說題目都是簡短的，要能吸引那些聽眾的注意，並且涵蓋演說內容的要點。

一般來說，30 分鐘至 1 小時的演說，需要至少 4 小時的事前準備，經驗較少的講者需要更長的時間，但不管你是老手還是新手，都最好預留多一點時間來準備和練習，避免在台上產生失誤，或是因為過於緊張而不知所云。

演說時要考慮多種情況

每天在我們生活周遭，都會發生許多事情，有時從生活中或人生經驗中挖掘而來的內容，也會是講者自身最有印象或最有意義的經驗，能成為演說的主題或適合演說搭配的內容之一。

例如中國著名作家余秋雨曾在四川大學進行一場演說，言談論及一位上海音樂學院朋友過世時的情景，他富含感情地說……

「他的兩個學生正在國外，聽說老師病危，立刻放下手邊的工作和團練，趕緊飛回上海為老師進行臨終表演。那天，現場聚集著各式各樣的上海人，正如我曾多次寫過的一樣，每個人都激動、崇高起來，好多不懂音樂的人也買票去聽。一名小學生的家長對記者說：『帶他來，是為了讓他明白什麼叫音樂，什麼叫老師……』幾天後，這位教授過世了，附近花店的花一掃而空，病房裡堆滿了鮮花，樓梯上也一層一層疊滿鮮花……」

正因為是發生在現實生活中的事，能徹底吸引觀眾的注意力，對觀眾來說，最有興趣、最親切的無非是和生活相關的話題，觀眾會想聆聽的是個人的生活經驗和獨特的見解，由此所產生的反饋也才會更強烈，因此筆者建議主題要多加入生活化的內容。

除了即興演講外，所有的演說都需要根據不同的觀眾群來調整主題，講者要依據活動單位所提供的主題，大量地查閱相關資料，並結合自己的親身感受、經歷，最後確立自己所要演說演講的題目。

例如幾年前在網路上爆紅並被熱烈轉發的中國華中科技大學的影片，時任校長李培根在畢業典禮上的演說影片感動了上萬名大學生，更被學生親切地稱為「根叔」。以下為李培根在畢業典禮上的致詞〈記憶〉節錄。

親愛的應屆畢業生同學們，你們好！首先，為你們完成學業並即將踏上新的征途送上最美好的祝願……

親愛的同學們，你們在華中科技大學的幾年給我留下了永恆的記憶。我記得你們在各種社團取得的傲人成績；我記得你們為中國的『常春藤』學校中，華中大未列一席而灰心喪氣；我記得某些同學為『學位門』、為光谷同濟醫院的選址而憤慨；我記得你們剛剛對我的呼喊：『根叔，你為我們做了什麼？』——是啊，我也時時拷問自己的良心，到底為你們做了什麼？還能為華中大學子弟們做什麼？

我記得你們都是小青年。我記得『吉丫頭』，那麼平凡卻格外美麗；我記得你們中間的胡政，在國際權威期刊上發表多篇高水準論文，創造了本科生參與研究的奇蹟；我記得『校歌男』，記得『選修課王子』，同樣是可愛的孩子。

我記得沉迷於網路世界，甚至瀕臨退學的學生與我聊天時的情景，他的目光透出茫然與無助，你們不僅僅是華中大的孩子，更成為我心中抹不去的記憶。

我記得你們的自行車和熱水瓶常常被偷，記得你們為搶占座位而付出的艱辛；記得你們在寒冷的冬天手腳冰冷，記得你們在炙熱的夏季徹夜難眠；記得學生餐廳常常讓你們生氣，我當然更記得自己說過的話：『我們絕不賺學生一分錢。』也記得你們對此言並不滿意；但願華中大尤其要有關於校園醜陋的記憶，只要我們共同記憶那些醜陋，總有一天，我們能將醜陋轉化成美麗。

同學們，現場的絕大多數人中，即將背上各自的行李，甚至遠離。請記住，最好不要再讓你們的父母為你們送行。面對歲月的侵蝕，你們的煩惱可能會越來越多，考慮的問題也可能會越來越現實，角色的轉換可能會讓你們感覺到有些措手不及。也許你會選擇『膠囊公寓』，或者不得不蝸居，成為蟻族之一員。沒關係，成功更容易光顧磨難和艱辛，正如只有經過泥濘的道路，腳印留下的才更清晰。

請記住，未來你們大概不再有批評上級的隨意，同事之間大概也不會有如同學之間簡單的關係；請記住，別有過多的抱怨，成功永遠不屬於整天抱怨的人，抱怨也無濟於事；請記住，別沉迷於世界的虛擬，還得回到社會的現實；請記住，『敢於競爭，善於轉化』，這是華中大的精神風貌，也可能是你們未來成功的真諦；請記住，華中大，你的母校。『什麼是母校？就是那個你一天罵他八遍卻不許別人罵的地方。』多麼樸實精闢！

親愛的同學們，也許你們難以有那麼多的記憶。如果問你關於一個字的記憶，那一定是『被』。我知道，你們不喜歡『被就業』、『被堅強』，那就挺直你們的脊梁，挺起你們的胸膛，自己去就業，堅強而勇敢地到社會中去闖蕩。

親愛的同學們，也許你們難以有那麼多的記憶，也許你們很快就會忘記根叔的嘮叨與瑣細。儘管你們不喜歡『被』，根叔還是想強加給你們一個『被』：你們的未來『被』華中大記憶！……」

這段長 16 分鐘的演說，被掌聲打斷了 30 次，全場約有 8,000 名畢業生，皆起身高喊：「根叔！根叔！」有許多人淚灑現場，不僅僅畢業生，其餘與會者也為之動容。為什麼李培根的演說如此深得人心？這是因為他將大學 4 年來所發生的國家和學校大事、身邊人物、網路關鍵字都融合在一起，使用的話語樸實而親切。

這一場演說是根據特定人群，也就是即將走出華中大校門的莘莘學子而寫，正是因為對學生的關注，知道他們在追求什麼、需要什麼、嚮往什麼，才能根據學生的需求來「對號入座」，同時緊扣主題，大量引用學生們熟悉的「流行語」，拉近與學子之間的距離，勾起更多人的集體記憶，也才能促成這樣一場受到廣大學生歡迎、情真意切的經典演說。

在演說中，個人體驗絕對比理論更重要，當演說內容是你最熟悉、最清楚的事物時，那麼你的演說必然生動、激昂、有說服力、有吸引力。在演說中，務必要界定好範圍，這個範圍包含了「演說內容」，也包含「觀眾」和「演說活動所在的環境」。

且當你在訂立主題時，務必要能符合你的專業，也就是當觀眾對你的觀點提出異議時，你是否有充分的把握，以你的信念、專業知識等來維護你的立場？如果可以，就說明這個主題你有能力發表見解。

捷克作家雅洛斯拉夫・哈謝克（Jaroslav Hašek）的諷刺小說《好兵帥克》中記錄了一位天馬行空的演說者——克勞斯上校。這名上校的演說充斥著毫無意義的內容，好比……

「各位，我剛才提到那兒有扇窗戶，你們都知道窗戶是什麼東西吧？一條夾在兩條溝之間的路，就叫公路。對了，那麼你們知道什麼是溝嗎？溝就是工人挖出來、凹下去的狹長坑道。是的，那就是溝。溝呢，是用鐵鍬挖的。那你們知道什麼是鐵鍬嗎？鐵鍬呀，就是鐵製的一種工具，我想不用說大家都知道，你們都知道吧？」

像這樣的演說不僅沒有邏輯可言，還不具任何意義，與其說這是演說，不如說是一個頭腦簡單之人的自言自語，哈謝克藉由這個虛構的人物，來反諷現實中許多人演說的缺點。

所以，講者唯有將主題深刻理解、熟悉之後，才能由衷地表達出來，因為空泛的理論往往讓人瞌睡連連，如果發表的演說只是一知半解的闡述或一些無意義的議論，就算是經由蒐集相關資料、名人名言等東拼西湊而成的豐富講稿，一樣無濟於事，只能算是一堆冗長而無內容的演說詞。只有能對聽眾產生「意義」、產生「價值」的主題，才是最受歡迎的主題。

此外，演說主題要能展現情感，表明講者的態度與對某件事情的意見、看法如何，不僅要在演說開始就開宗明義地說出來，更要在演說的主題上讓人一目了然。以下為幾場著名的演說主題。

- 史帝夫・賈伯斯（Steve Jobs）於史丹佛大學的畢業典禮演說——「如何在你死前好好活著」（How to live before you die）。
- 前美國總統歐巴馬（Barack Obama）2008 年的總統勝選演說——「是的，我們能夠做到」（Yes We Can）。
- 以爭取女性教育聞名的諾貝爾獎得主馬拉拉（Malala Yousafzai）於諾貝爾頒獎典禮的演說——「讓一切到我們這一代為止」（Let This End with Us）。
- FB 營運長雪柔・桑伯格（Sheryl Sandberg）於哈佛大學畢業典禮演說——「勇於挑戰快速發展的契機」（Get on a Rocket Ship）。
- J.K. 羅琳（J.k. Rowling）於哈佛大學的畢業典禮演說——「失敗的益處」（The Benefits of Failure）。

演說主題與內容、風格等有直接關聯，無論在選擇主題時是出於什麼目的，一定要讓主題簡短、有新意，並可能激發聽眾興趣。值得注意的是，我們在考慮主題的時候，要選擇與自己理念相吻合的主題，如果勉強自己去談一個毫無感覺，甚至是抱持負面觀感的主題，然後還要和胡扯一些無法說服自己的話，就更別想說服別人了。

當在尋找演說的主題和素材時，一定要能激勵自己，如此能讓你富有情感與熱情來進行一場演說。在演說主題當中，能激勵自己、撼動觀眾的內容可以參考如下。

- 最得意或最難過的事
- 最感人或最興奮的事
- 最傷痛的事

- 最低潮的時候
- 最成功或最失敗的故事
- 最刻骨銘心的事
- 其他生命之最或人生之最

例如：「決戰人生」是美國健身運動員、演員阿諾・史瓦辛格（Arnold Alois Schwarzenegger）作為美國加州州長訪問中國，在北京清華大學發表的一篇演說（節錄）：

「我還記得第一次到美國參加世界健美錦標賽時。當時我輸了，絕望無比。我就像一個失敗者，一個遭受慘敗的人。我哭了，因為我覺得自己讓朋友失望了，也讓自己失望了。但第二天，我重振旗鼓，改變了態度，對自己說：『我要吸取教訓』。從那時起，我不斷努力，事業從此輝煌騰達，我實現了自己想做的一切——首先成為健美冠軍，接著成為電影明星，後來當上世界六大經濟體——加利福尼亞的州長。

這一切的實現都是因為我的夢想，即使別人說我的那些夢想都是虛偽而荒唐的，但我仍堅持不棄。在好萊塢，他們曾說：『你絕不可能成功，你一口德國口音，在好萊塢還沒有一個說話帶德國口音的人成功。飾演一些納粹角色你倒是可以，但有口音的人想成為主角是不可能的。還有你的體型一身肌肉，太過發達了！二十年前他們是拍過大力士的影片，不過那早就過時了；還有你的名字，史瓦辛格根本不適合上電影海報。算了，你不會成功的，還是回去搞你的健美運動吧！』

其餘的都成了往事。演完《魔鬼終結者》後，我成為好萊塢片酬最高的明星。但外界的質疑卻從未斷過，我競選州長時，還有人說：『阿諾，你永遠當不了加州州長。你也懂政治？』然而我依然參加了競選，我相信自己的夢想，其餘的都已成明日黃花，我最終也當上了州長。因此，那些夢想總引導著我不斷向前——健美運動給了我信心，電影給了我財富，而給我更大的決心的，是競選州長的成功，以及因此帶來為公共服務的機會。」

《決戰人生》是一篇被廣大網友稱讚，思想性、藝術性俱佳的演說傑作，透過他的現身說法，證明了積極的人生態度有多重要。史瓦辛格選取了一個他自己感興趣的主題，並用親身經歷來論證、支持了這個主題，邏輯嚴密，觀點鮮明，演說非常成功。

要想有一篇引人入勝的演說稿，就先從設計合適自己的主題入手吧，擁有一個吸引人的主題才能讓觀眾對演說的內容充滿期待。

像你可能很熟悉下面這些廣告標語……

- 不在乎天長地久，只在乎曾經擁有。
- 科技始終來自於人性。
- 整個城市都是我的咖啡館。
- 生命就該浪費在美好的事物上。

演說的題目也是如此，無論是演說主題還是一本書的書名等，都必須要能一語中的，想要找到好主題，主要多練習排列組合，就可能寫出被傳頌的好句子。以出版業來說，一本新書的書名都是從好幾十個備選書名當中排列組合出來的，如果真有另一個割捨不下的好書名，就可以作為副書名。

如果能在內容上置入意外情節或是大逆轉，也有機會創造出話題。例如：2007年賈伯斯宣稱要同時舉行三種新產品的發表會，於是iPhone就誕生了，而他所謂的三樣新產品，分別是數位相機、連網手機和上網的觸控螢幕，Apple將這三樣產品功能結合在一起，一支手機的發表會上同時發布三種新產品，可見賈伯斯有多會說話呢？

在演說中確立一個適合的主題至關重要，因為唯有確立好主題，講者才能對演說內容做足充分的補充，讓觀眾能明確地了解，更好掌握內容。

如何蒐集、整理演說材料

演說主題選定好之後，就要蒐集演說講稿的材料了。講稿材料的豐富與否，將決定演說內容的好壞。

「巧婦難為無米之炊」，到了這個步驟，許多講者會發現演說的最大困難在於沒有演說材料。因此，講者平時的知識累積、興趣愛好、閱歷與演說的成功有著密切的關係。這就要求我們平時得「家事、國事、天下事，事事關心」，廣泛地閱讀、蒐集、累積演說材料，這是一個長期抗戰，且細碎繁雜。

而講稿資料的蒐集一般可分為兩種。

1 直接材料蒐集

「直接材料蒐集」指的是根據演說所需內容，帶著目的性，從書籍、報刊、文獻、網路中所蒐集而來的材料，要以敏銳的洞察力進行思考，從中挖掘新意，將其內化為自己的知識存載。

舉例，有一位講者在討論「抽菸有害健康」這個主題時，提出這樣一段話：「我發現抽菸有三大好處，一是抽菸的人不會被狗咬，因為狗一看到他們就會四處逃竄；二是抽菸的人家裡永遠安全，因為小偷不敢進抽菸的人的家門；三是抽菸的人永遠年經，永遠不會老態龍鍾。」

在談及「抽菸有害健康」這老生常談的觀點時，他用獨特的方式進行開場，如此新奇的說法，讓現場聽眾有耳目一新的感覺，一下就緊緊抓住聽眾的吸引力，也使得這場演講具有代表性。

你現在可能正思考著抽菸為何會有以上三大好處呢？其實是這麼回事……

「第一，抽菸的人大多駝背，狗一見他們彎腰駝背的樣子，誤以為他正在撿地上的石頭，因而逃跑了。第

二，抽菸的人總是咳嗽不停，小偷半夜闖空門時，聽到屋內傳來咳嗽聲，自然認為主人還沒有睡，不敢輕舉妄動，怎麼可能貿然闖入竊取財物呢？第三，抽菸的人較為短命，因肺部疾病過世時，可能還停留在年輕的歲數，所以不會顯老。」

聽到這裡，觀眾恍然大悟，講者運用反諷的手法，讓觀眾再次感受到抽菸所帶來的危害。因此，演說素材的選擇和新奇與否，對於提起觀眾興趣來說非常重要。

真實案例也會影響觀眾的感受，比單純的論述更有效。如果沒有案例做說明，觀眾便不清楚你的觀點，以為與他們無關，但如果有了實際案例，觀眾便能生動的與人產生關係，使抽象的原則更為清楚和令人信服。

講者可以用一個簡單或詳盡的例證來支持一個論據；也可以利用一些統計數字來解釋一個論據，使論據更有力；更可以藉由龐大的統計資料來顯現出問題的廣泛和嚴重性，只要能謹慎和清楚地解釋，使得統計資料對主題和觀眾都有意義，對演說就非常有幫助。

由於人們容易受他人的見證與權威人士的話影響，因此引用專家、學者的話能使你的論說具更大的說服力。對在演說上初試啼聲的講者來說，見證故事或名人的保證對他們的演說特別有幫助，因為觀眾仍未接受他們在主題上的專業水準，此時若能引用專家、學者觀點來支持，會使講者的見解更具可信度，提升效果。

2 間接材料蒐集

「間接材料蒐集」是指不具有目的性，從在生活中看到的報章雜誌或名人名言、時事新聞等蒐集而來的其他資料。

在生活中，我們可以有意地蒐集一些歷史資料，對相關的事件、人物等情況進行理解，分門別類的整理，並持續更新最新的資料，同時訓練自己對當下發生的重大政治、經濟、文化、科技等各領域的事件、人物充分了解，有自己獨到的見解。

此外，還要能加強記憶，多背誦名人名言、俗語、諺語、古典詩詞、經典文學、寓言故事、時文政評等。在演說之前，還要查閱當地報刊，以了解觀眾近期可能關心的問題，如果你演說的內容與他們直接相關，就能迅速拉近彼此之間的距離，他們會更愉快地接受你的想法或意見。

關鍵在於多注意身邊的人、事、物，善於發現恰當的比喻。例如：阿里巴巴創辦人之一的馬雲在談創業時，將「夢想」作為創業的起點，他這麼說：「人光有夢想是不夠的，現代社會有很多年輕人都是『晚上想著千條路，早上起來走原路。』以致一生一事無成，就只能成天躺在床上作夢，缺乏積極的行動。」馬雲以一個簡單易懂且發人深省的說法，在觀眾心中留下深刻的印象。

材料蒐集完備之後，就需要整理，此時你必須檢查自己是否選擇了一個合適的演說主題，主題應避免過度空泛，越具體越好。一般演說多是確定主題後，才根據主題來選取材料、撰寫內容，選取的材料必須要是真實且最新的消息，對聽眾富有新的啟迪，接著對材料加以整理或進行梳理，捨棄不重要的內容或用不上的材料，準備撰寫演說講稿。

在演說材料的整理上，可以將有關論點或觀點集結出來，這一類的資訊包括舉例、比較、訪談記錄、調查結果、統計數據、圖表、視聽媒介、專家或素人見證等等。整理資料時，要將確定使用的要點熟記在心，當發現和演說相關的資料時，就根據演說要求個別歸類，直到集結足夠的資料為止。

前美國總統林肯（Abraham Lincoln）經常戴的一頂高帽子裡就放著他隨手寫的筆記，閒暇之餘便取出加以整理，分門別類地抄在本子上，以備將來演說時使用。高明的演說家不是一朝一夕就能成功的，他們都是經過長期的累積、足夠的練習，才有日後卓越的成就。

演說大綱的撰寫與擬稿

如果想要演說進行得更流暢，就一定要撰寫大綱，當你在準備大綱時，也能趁機調整自己的思維，將邏輯理清楚，有助於你充滿信心地上台演說。

很多人可能會覺得「我直接看講稿就可以了，為什麼還要寫大綱呢？」其實，大綱可以幫助我們釐清整篇講稿的結構，檢查有沒有將主要的觀點表達出來，並用最合適、最好的方法來論述，大綱也可幫助我們審視自己有沒有遺忘重要的訊息。

一場好演說並不是用一時的靈感寫成的，也不是用一些概括的理論寫成的，而是要以有強而有力的證據來支持主題的觀點。在寫大綱之前，如前述需要先蒐集資料，你可以到圖書館翻閱藏書，尋找相關材料研究，也可以寫信到有關機構索取資料，或是造訪一些對你的演說主題素有研究、有成就的相關人士。當然，你自己也是一個很好的資源，因為你對主題有個人的知識和經驗。

當你在撰寫大綱和講稿時，便要記住這些觀點，把它們融合在裡面，你也可以從中不斷補充一些例證與支持論點的材料。

演說大綱的撰寫方法

若你已經完成蒐集資料的步驟，那就可以準備撰寫大綱了。大綱可以幫助講者回想要說的內容是什麼，是演說講稿的「精華版」，其中只有「關鍵字」和「關鍵句」，讓講者可以記起重要的字句。演說的時候，講者只需偶爾看幾眼這張演說大綱的筆記，確定自己沒有離題。

在撰寫大綱前，必須將演說內容分成「開場」、「主體」和「結尾」。把「開場」

放在紙的左上角，最常用的方法是用羅馬數字來分開一些重點。

首先是開場（羅馬數字 I），然後留出空位，在開場之下寫幾個重點。接著是主體（羅馬數字 II），因為這是要將講者的要點說出來，所以需要留出更多的空位來寫，可以分出「要點」，使用英文大寫字母 A、B、C 等，把主要論點寫出來。接著分出小標題，這部分可以用 1、2、3 來標示，甚至再分出小小標，使用小寫英文字母 a、b、c，而這部分最為瑣碎、內容最多。

最後則是結尾（羅馬數字 III），讀者可以參考右方層級表，會更容易理解。

演說大綱可以用黑色的筆寫大一點的字，將關鍵字都隔行起頭，紙張的兩邊都預留足夠的空間，以供臨時補寫一些要點。你可以把字寫在紙的左上角，並將每張紙標上頁碼，以防意外遺失，可以使用迴紋針把所有紙張按順序整理、夾好，並用螢光筆標記出重要部分，讓你一目了然。別用釘書機把紙釘住，以免到時不方便觀看，並且需要翻閱。

接下來我們將各點拉出來單獨討論。

I.開場
II.主體
    A.要點
    B.要點
        1.小標
        2.小標
            a.小小標
            b.小小標
III.結尾

◎演說大綱的結構。

1 開場

雖然開場非常重要，但重點還是在於「簡短」、「吸引人」。在選擇演說主題時，可以一邊留意有沒有適合的材料作為開場，因為當你知道你所要說的內容之後，便很容易知道怎麼樣的開場內容最好。開場要經過多次的練習，直到你不用看大綱，也能很流暢地看著觀眾演說最好。

2 主體

撰寫大綱時，最好從「主體」的內容開始寫，因為主體包含所有你想要傳達的訊息。寫法是：演說的全篇內容不必用完整的句子來描述每個要點，只需要寫出大綱，也就是條列出「關鍵字」即可。

例如一場 2、30 分鐘的演說，通常需要 3 至 5 個要點，稍長的演講需要更多的要點，如果你希望觀眾記得這些重點，最有效的方法就是標示出來，這樣演講結束之後，觀眾也能確實接收、記住你所標示出來的這些重點。

當你決定有哪些要點之後，可以按照重要程度進行排列，「重要到次要」或是「次要到重要」都可以，盡可能在每一個要點上都提供案例或數據，好比統計資料、引經據典等。

條列出關鍵字的要點時，可能會覺得內容不夠多，因為這只是初稿而已，當你繼續思考主題時，便會陸續發現有更多相關資料、好的案例、故事或是笑話等，就可以將這些材料補充進後續的講稿之中，豐富講稿內容。

3 結尾

一般來說，結尾有兩個作用，一是將你所說的內容作一個總結，讓觀眾知道你的演說即將結束了；二是讓觀眾更了解整場演說的主要內容。如果結尾做的好，觀眾將留下相當深刻的印象，一直縈繞在他們的腦海中，所謂餘音繞樑，三日不絕是也。

結尾的時間最好不要超過整場演說時間的 1/10，因為最讓人反感的便是講者說要結束，卻一直說下去，遲遲無法結束。

你的演說大綱務必保持簡單、清楚、乾淨，如果太過詳細，講者很容易會變成一直看著大綱，而忽略了與觀眾保持眼神接觸和互動。雖然詳盡的筆記能讓你安心，避免自己遺忘或出錯，可是一旦過多，就會讓你與觀眾之間產生距離。

當你規劃完演說大綱之後，可以試著看著大綱練習講一次，並且計時，估算一下總的演講時間。多數人總會以目測的方式來估算時間，但大綱畢竟只是演講稿的架構而已，只要你在演講過程中臨時多說一些話，或是觀眾提問，時間就會被拉長。

演說當天也別忘了隨身攜帶你的演講大綱，除了打印出來的紙本外，也應將大綱儲存在雲端和隨身碟中，完善備份，以做好滴水不漏的萬全準備。

一般人很容易產生一種誤解，認為好的演說都是即興發揮，講者想到什麼就說什麼，事實上並非如此。完全沒有準備的講者，只會讓人覺得他不夠專業，認為他們並非一位好的演說家，因為不夠在乎觀眾，而沒有事先準備。

講稿的擬稿技巧

演說必須要有明確的目的，才能確保演說前的準備工作具有針對性。作為講者，必須考慮到傳達給觀眾什麼，是要傳遞訊息，還是要說服觀眾、激勵觀眾、娛樂觀眾，想要達成什麼目的、想用什麼樣的表達方式等，才能讓演說產生意義。

演說的講稿是人們在工作和生活中經常會使用的一種文體，可以用來交流思想、感情，表達主張、見解，也可以用來介紹自己的學習、工作情況、經驗等等，具有宣傳、鼓動、教育和欣賞等作用。它可以將講者的觀點、主張與思想、感情傳達給觀眾或讀者，使他們信服，在思想和感情上產生共鳴。

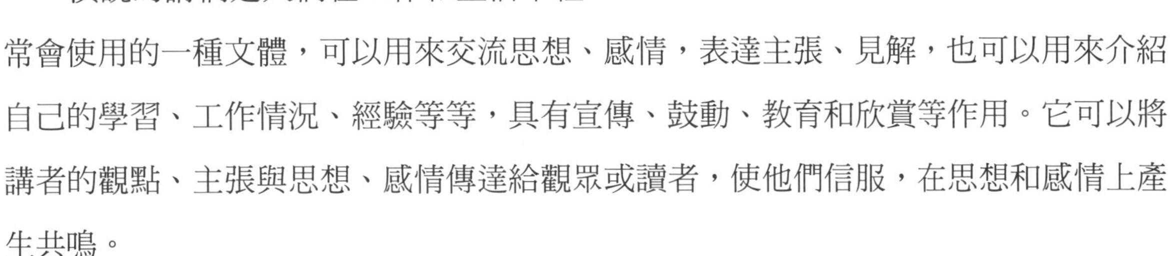

當蒐集、整理好演說材料之後，撰寫好大綱，就需要利用這些材料準備講稿，講稿一般的結構分為「開頭」、「主體」、「結尾」三個部分，由於演說是具有時間限制的空間活動，因此在開頭和結尾都有需要特別處理的技巧。

一篇好的演說講稿必須能實現：清楚的結構、有效的知識、嚴謹的邏輯與準確的用語。

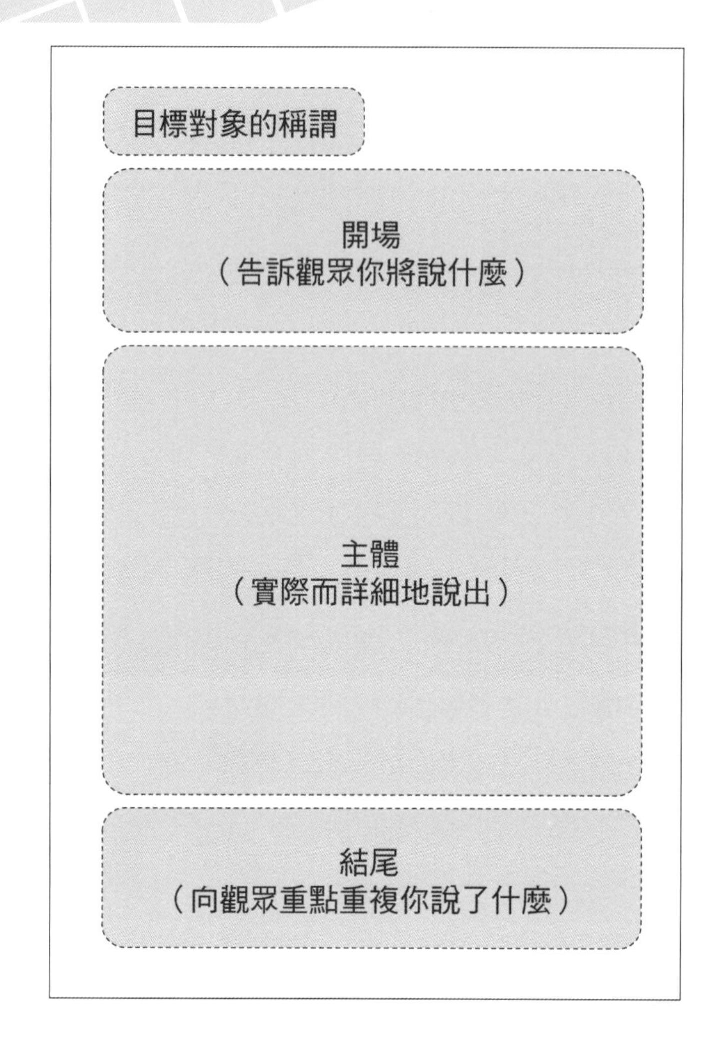

講稿內容的原則是適合講者與觀眾，因此首先我們應先了解觀眾的人數、組成與客觀的環境時間限制，觀眾人數將影響講者的內容和肢體語言的表達方式。當面對的是小於 30 人的人數時，你的演說可以輕鬆一點，演說的途中可以與台下每位觀眾進行眼神接觸。當人數超過 30 人，如果你想以分組進行的話，就可將他們分成小組。

而面對 50 人以上的觀眾時，難度便會增加，你較難與每位觀眾進行眼神接觸，且必須使用麥克風觀眾才能聽到你的聲音。

當觀眾的人數越多，就越需要用一些吸引人的故事或案例來抓住他們的注意力，否則坐在較後面位置的觀眾，會認為講者似乎不理會他的需求，甚至是看不到他，因而覺得中途離席也沒關係。

而且有些講者的演說主題其實並不適合他們的觀眾，所以演說發揮不了作用。因此，當你開始預備講稿時，你必須先認識你的觀眾，蒐集有關觀眾的重要訊息，以確

定大部分觀眾的共同點；預測觀眾對話題的興趣、了解程度和態度，以決定演說的內容；了解觀眾的規模和他們的態度，來制定演說戰略。

例如：有多少人聽演說、觀眾的年齡分布、教育程度、職業狀況、對演說主題的認知、是否熟悉講者等等，也可以事先了解組織或機構的有關背景，或者索取觀眾名單（如果有的話），講者並不是要調查他們的身世，而是這些因素會決定他們該如何準備自己的講稿。甚至也可以在現場入場時，採用簡單的問卷調查，或是在演說開場前，與觀眾做一個簡單的交流。

演說的表達方式會隨著觀眾素質進行調整，舉例來說，當你面對管理階層，你要多提出建議，避免說教或命令式的語氣，並用事實來支持你的論點；面對的是同年紀的族群時，可以分享你的資訊和經驗，並且和他們討論；若面對的是年輕人，則可以向他們舉例說明，盡量使用「我們」來加強與觀眾之間的關聯性。

當面對某一類別的觀眾時，要特別談論他們關注的事情；當面對來自四面八方的觀眾時，在一開始便可以用合適的大眾化例子，來吸引他們的注意力，透過認識觀眾的共通點，與他們建立關係。

講者也需知道，現場有沒有一些重要人物在觀眾席上，有沒有政府官員或社會名流在內，先禮貌地向他們致意，感謝他們特意出席。

另外演講時間也是講者要注意的一環。前美國總統林肯曾被問及：「人的腿應該有多長呢？」他回答：「剛好能踏在地上就夠了。」那講者的演說時間最好要多長呢？筆者也想告訴你：「剛好踏在地上便夠了。」意思是，達到目的便足矣。

根據研究，在演說的不同時段，觀眾注意力的集中程度是不一樣的，以 45 分鐘的演講來說，在剛開始時，觀眾的注意力會相當集中，約莫在開始 10 分鐘後達到頂峰，然後漸漸分散，在演說進行 30 ～ 35 分鐘時最差，注意力衰減到最低點，一直到演說結束前，才又再增強。

在整段演說中，觀眾的注意力並不能維持整場，所以演講者要簡明扼要的說，突出主題要點，並在過程中多次強調，結尾時更要重複。

試著思考一下，倘若資訊可以在15分鐘內說明完畢，又為什麼要用35分鐘來闡述呢？這樣是否表示講者富有學識？或是他必須使用千言萬語才能「感動」觀眾呢？還是代表講者十分努力？其實都不是，即便你的演說再有趣，只要時間一長，觀眾照樣會希望你趕快把重點說完，早點結束，因為沒有人會喜歡聽又臭又長的演說。

但一般講者往往會誤解時間限制這個問題，一般來說，講者會有30分鐘至1小時的演說時間限制，但他們經常會自行將時間延長，對主辦單位所規定的時限嚴重超時，甚至覺得超時是很稀疏平常的事情，但這樣做其實並不代表他們有本領，因為可能只是講師在演講的過程中，多說了些無益的話，或是跟底下觀眾互動的時間稍長了些。

筆者曾聽過這麼一個小故事，有位受人歡迎的布道家，他每次演說前都會請求上帝引領，默禱說：「主阿！讓我的口說出有價值的話……當我說得太多時，請提醒我。」

很多時候別人規定時限，你就不能擅自決定自己的演說時間，一場好演說的目的，並不是為了塞滿時間，而是「把訊息傳達給你的觀眾」與「持續抓住他們的注意力」。當你在準備講稿時，別為了45分鐘的時限而預備45分鐘的講稿，你得將各種因素考量進去，例如：這場演說是為了什麼？有空調嗎？參加的人數多還少？

在時限內結束往往比超時要好多了，聽一場沉悶、無聊的演說，總比聽一場沉悶、無聊、又「冗長」的演說還要好。一般來說，會議或上課的時間都會比預計的時間還要晚開始，按表操課的少之又少。

演講也是如此，會場主持人會先花費時間介紹你出場，在過程中可能也需要花費時間分發講義、傳閱資料給觀眾，因而用掉些微時間，且你還要預留時間給觀眾提問。所以，你說的話越多，花費的時間就越長，但留存在觀眾記憶裡的內容卻很少。

演說的四種表達方式

演說一般有四種方式呈現，分別是：照講稿唸；背誦講稿；即興發揮；事先準備，不須講稿。以下針對這四種分別介紹。

1 照講稿唸

讀稿的人必須相當有技巧，才能掌握到整篇講稿的抑揚頓挫，並咬字清楚，否則照著講稿逐字唸，會有許多問題產生。例如當講師眼睛一直盯著講稿唸，他的眼神並沒有與觀眾交流，自然無法吸引觀眾的注意力，且容易讓台下的人感覺不被重視。

2 背誦講稿

被譽為「美國學術和教育之父」的諾亞 • 韋伯斯特（Noah Webster）是韋氏辭典的作者，據說他能持續演說 3 至 5 小時，更令人難以置信的是，他能一字不漏地將講稿全背誦出來，且觀眾一點也不會覺得無聊。當然，很少人具備如此的記憶力與演說功力。

這種演說法有一個普遍的問題，那就是講者的演說通常會讓人覺得生硬，少了自己的感情。專業的演說家由於對講稿內容相當熟悉，因而能根據不同場合的觀眾做出內容上的調整，但只有經驗豐富的演說家才能做到「收放自如」。

背誦講稿的演說法最大的問題莫過於——當講者不慎被其他事物分散注意力時，就很容易忘了接下來的內容。若你想使用這種演說法，便要確實熟稔內容，否則很容易一步錯、步步錯。

3 即興發揮

「即興發揮」的意思是不需要準備或使用很少的時間準備，這是相當需要經驗與才能的演說方式，對一般人來說，不建議使用此種方法。

然而，在職場與生活中，其實一般人會有很多機會在沒有準備講稿的情況下，進行即興演說，你或許會知道自己該說些什麼，你該學習的便是「如何才能表現得更好」。即興發揮的演說有兩個技巧，也就是「你的觀眾要能相信你在傳達的訊息」和「你要簡單而直接、富有感情地說出來」。

當你有機會做出即興演講的時候，首先可以將你過去的經驗排列組合起來，成為一篇講稿，這能使你發自內心地表達。接著，必須充實你的內容和句子，使描述前後連貫、不間斷，並且避免「嗯……」、「對……」、「然後……」、「啊……」等口語化的贅詞，雖然在沒有準備的情況下，要一直說出清楚且有內容的句子並不容易，但這可以藉由平時的練習來達成。

當講者要回答觀眾的問題時，可以利用幾秒鐘來思考如何回答，並不需要立刻回答。一開始時，說幾句開場白，讓自己有時間去整理思維和過去的經驗，並提出幾個範例，在演說時要看著觀眾，注意不要太過即興而離題。

結尾時，用簡潔的話來做總結，記得注意時間，別無止盡地說下去。

4 事先準備，不須講稿

多數講師都使用這種演說方法，這和即興發揮的不同在於，它需要講者事前充分地準備，並將演說大綱記錄下來，預先做練習。但在演說時，講者可以按照大綱視情況加以發揮。

這種方法可以讓講者有更大的自由，決定自己的思維和用語，更直接地表達自己的觀點。此外，使用這種方法演說時，觀眾能感受到講者非常自然，講者可以隨時增加自己的觀點，不受講稿內容的限制，與觀眾有眼神上的接觸，使演說的效果更好。

相信每位講者都希望在一開場，便牢牢抓住觀眾的目光，建立起與觀眾之間緊密、和諧的關係，希望觀眾在聽完開場之後，心裡想著：「我還想聽下去……」其實要贏得觀眾的興趣，並讓他們產生想繼續聽下去的想法非常簡單，那就是「讓你的開場很精彩」。

演說講稿的開頭就是開場白，有非常重要的作用，好的講稿一開始就應該使用最簡潔的語言，並在最短的時間內將觀眾的注意力吸引過來，如此才能確保觀眾對後面的內容感興趣。這裡跟大家討論一下在公眾演說中，應該避免的三大錯誤開場白。

1 不斷道歉

有的講者會有一個壞習慣，就是一上台就開始向觀眾表達歉意，殊不知不斷道歉是最糟糕的開場白之一。例如：「大家好，非常抱歉我遲到了……」、「很抱歉，我現在很緊張，如果說不好，還請大家見諒……」等等。)

你認為這些話對觀眾有幫助嗎？完全沒有，筆者從當補教老師開始，就從沒有遲到、早退過，現在轉做成人培訓，卻經常看到許多老師在遲到之後，拼命向學員、觀眾道歉，說明自己為什麼遲到。

但這其實是沒有意義的，因為他忽略了觀眾想知道的並不是為什麼遲到，而是希望講師可以盡快開始課程或演講。觀眾根本不想聽到講者的藉口和道歉，即使他們沒有表現出來，講者也沒有資格浪費他人的時間，因為觀眾多半是帶著期待和熱情才來聽你的演說，別在一開始就帶給他們不幸的消息。

講者為自己存在的一些問題感到不安，這是很自然的事，但你沒有必要一開始就說出來，讓聽者對你的話題興趣盡失，甚至失去耐心。

2 消極、否定自我

最糟糕的開場就是講者過於消極，才站上台便告訴觀眾自己有多不好，否定自我，可謂一種「自殺式」的開場。

例如：「但願大家聽我的演說不至於浪費時間，因為我的確沒有準備充分⋯⋯」也許你想透過這種「表白」來求得觀眾的諒解，因為你的確「沒有準備充分」，又或者是一種個人謙虛的表現。

但是你的這番話，不但是在自我否定，同時也否定了台下的觀眾，因為他們會認為你想表達的意思是：「你們不值得我做足準備。」而這種開場白的結局如何，可想而知。當然，你也可以是那種明明準備得很充分，卻假裝沒有準備好的講者，有許多電視節目都是這樣設定的，主持人隨便請一個人到台前說幾句話，其實那個人早就已經準備好了，但他卻說：「我沒什麼準備⋯⋯」最後表現得很好，讓觀眾覺得講者深藏不露，得到出乎意料的結果。

3 表明演說主題很困難

無論你選擇什麼樣的主題，無論這個主題內容如何棘手，都請你別對觀眾說：「我對這個主題不是很熟悉⋯⋯」，甚至是「我對這個內容感到力不從心⋯⋯」。

你是否害怕在演說中出現錯誤，被權威人士笑話？既然你已經選擇了這個主題，那麼這就一定是你熟悉的範圍，除非你的講稿是別人替你準備的。

講者說這些沒自信的話，將有損演說的說服力，既然你選擇了這個主題，就信心百倍地告訴觀眾，在你所說的主題領域，你就是權威！因此，你的講稿最好自己擬，當然也可以找別人代寫，前提是你必須研究清楚內容，千萬別落得自己都不曉得自己在說什麼的下場，那可就鬧笑話了。

俗話說，好的開始是成功的一半，跟所有的演出活動一樣，講者一出場就要讓人留下深刻的印象，第一印象是非常重要的。從心理學的角度來看，當演說開始時的10～20分鐘內，人們的注意力最集中，所以開場白在演說中佔有十分重要的地位。

如果開場得不好，觀眾的注意力便會分散，講者很難再引起他們的興致，且好的開場白能加強講者的自信，當講者發現觀眾期待聽他說話時，有什麼能比這樣的反應更能鼓勵他繼續說下去呢？其實，任何演說最困難的部分就是開場，如果在開始時一切順利，之後便一定沒有太大的問題。

在開場時，要注意的重點為：

1 能吸引觀眾注意力

讓觀眾知道你的主題與他們有關，如此便能有效吸引他們的注意。

2 用有趣的話讓觀眾驚訝

例如：「去年的今天，我跌到人生的谷底……」來吸引觀眾聽下去。

3 以提問的方式開場

在開頭就設置一個懸念，以吸引觀眾的關注與思考，使觀眾從被動變為主動。例如有一篇講稿的開場是這樣的……

「各位年輕朋友，如果在你的面前，現在同時出現了金錢、愛情、知識、名譽，你會選擇哪一樣呢？」

這樣的開頭引人深思，為演說的精彩度打好基礎。

4 以幽默的方式開場

以幽默的方式開頭，往往妙趣橫生，讓觀眾在輕鬆、愉快的氣氛中聆聽演說內容。例如胡適在一次演說中，這麼說道：「我今天不是來向諸君報告的，我是來『胡說』的，因為我姓胡。」語音剛落，觀眾哄堂大笑。胡適的開場白巧妙地介紹了自己，也顯現出他謙遜的修養。

前台中市長胡志強有次舉辦酒席宴客，想藉此機會聽聽各方專業人士的意見，他那妙語如珠的幽默開場，讓與會來賓印象深刻。一開始，餐桌上的客人彼此並不熟識，氣氛有點拘謹，但向來以幽默感著稱的胡志強有備而來，他站在前方舞台，正經八百地拋出一個犯罪心理學的問題：「你們有沒有想過壞人綁架富人家庭時，對象往往是先生或小孩，而不是太太，究竟是為什麼？」

底下的賓客議論紛紛，但沒有一個人想出為什麼，請胡志強公布答案，只見他一本正經地說道：「我真的有向警察部門詢問過綁匪為什麼很少綁架太太這個問題，在討論過後，終於得到一個結論！」在場人士面面相覷，他不急不徐地繼續說道：「因為綁匪若綁走太太，那先生通常都會拜託綁匪別把老婆送回來，根本起不了威脅，無法得到贖金！」

語畢，全場哄堂大笑，原本拘謹、嚴肅的氣氛在剎那間輕鬆起來，賓客們慢慢打開心房，提供一些市政建言。

5 以交代背景的方式開場

透過交代發表演說的背後歷史事件即各種聯繫的開頭，讓觀眾更好了解演說的內容。例如 1944 年，時任英國首相的邱吉爾在美國度過聖誕節時，以這樣的開頭發表了一場演說：「……我今天雖然遠離家庭和國家，來到這裡過節，但我一點身處異鄉的感覺都沒有。我不知道這是因為我母親的血統和你們相同，抑或是我多年在此地所建立的友誼，還是受到兩個語言相同、信仰相同、理想相同的國家，在共同奮鬥中所產生的同志感情影響，當然也有可能是綜合上述。總之，我在美國的政治中心地——華盛頓過節，完全不覺得自己是一名異鄉之客。」

6 以小故事的方式開場

1962 年，高齡 82 歲的麥克阿瑟將軍回到母校西點軍校。在授勳儀式上，他即席發表了一段演說，這樣開頭道：「今天早上，我走出旅館的時候，大廳的服務人員問道：『將軍，你上哪兒去？』一聽到我說西點時，他說：『那可是個好地方，您從前去過嗎？』」

這個故事情節極為簡單，描述也樸實無華，但蘊含的感情卻是深沉、豐富的，開場白需要的小故事最好不要太長，也不要太複雜，最好在兩分鐘內說完，而且要能銜接你欲演講的主題。

此外，還有「運用有說服力的數據」、「引用名人或專家的名言佳句」、「表演藝術」、「請觀眾舉手投票做調查」等，你也可以記錄自己曾看過的演說範例，作為自己的「開場資料庫」，往後只要依照主題來選擇運用。

演說，還有一種情況為你是主持人，並非講者，那麼介紹講者出場的時間就不需要太長，大約 1 至 2 分鐘即可。

如果你要介紹的人是美國總統，你更只需要說：「各位貴賓大家好，很榮幸邀請到美國總統為大家進行演說……」因為沒有人不認識他，你多加介紹反倒不合適。但多數時候，台下的觀眾都不會認識你所要介紹的講者，除非是少數為了講師來參加的觀眾們。

因此，在介紹演講人時，你必須做到：替講者炒熱氣氛、激發觀眾對主題產生興趣、製造一種賓至如歸的氛圍，增加講者的公信力等效果。

一個好的開場白能減輕講者的壓力，通常你的開場白可以是：「今天請來的演講者，對主題有相當的認識，因為他是……」接下來，你會介紹「講者的資歷」，之後介紹「當天的主題」，通常都是依照這樣的模式。

在此之前，你要確認講者的資料完全正確，除非你有對方的資料檔案，可以照著大聲讀出，不然最好在介紹他之前，先取得有關他的正確資料。其次，你要因應不同場合來介紹講者，在同一位講者的情況下，倘若是在正式場合，就要用比較正規的方式介紹，如果是非正式場合，就可以用較輕鬆的方式來介紹。

或者依照觀眾的類型來介紹講者，就像你會按照觀眾的類型來設定主題一樣。你的目的是要他們真的產生很想聽講者演說的心情，如果觀眾不太認識講者，你就可以介紹一些講者的顯著成就，來提升他在觀眾面前的權威。

如果你向一群長輩介紹一位講者，你便要用長輩能夠明白的話來介紹，不能用你在學術聚會上向專業人士介紹講者的話來向他們介紹。

最後，你可以製造神秘氣氛，讓觀眾期待講者的出現。你可以先介紹主題，最後才說出講者的名字，即使觀眾認識講者是誰，你也可以先賣個關子，最後才介紹講者的名字，如果觀眾對講者有一定程度的認識，你可以先和講者溝通，事先準備一些不是所有人都知道的資料，取得他的同意後，在介紹出場時透露這些資訊，讓觀眾對他產生一種新鮮感。

即使介紹講者的時間不多，你也應該事前把介紹內容大綱寫在紙上，練習一次，特別是你要用賣關子的方式介紹他時，可以使用以下的說明順序。

1 主題（Topics）

今天的演說主題是什麼？

2 重點（Important）

為什麼這個主題很重要？

3 人（Speaker）

這一位講者有哪些理由和資格來為各位演說這個主題？

你的最後一句話可以是：「讓我們一起歡迎○○○！」當你說完這句話之後，便可以鼓掌歡迎，並站在講台上，等待講者來到台前。當他站在台前，你便可以和他握手，然後自然地退回自己的座位。

演說講稿結構的「主體」

主體演說的內容，以及其中的論點是否令人信服，都決定了演說品質的好壞。演說的內容有詳細、有簡略的，篇幅上有長、有短的，如此才能將此演說顯得有重點，不會因為觀點只是蜻蜓點水似的，而讓觀眾沒什麼印象，也不會因為太過長篇大論而讓人覺得厭煩。

演說講稿的重點在於，要讓觀眾了解他認為重要的資訊，或是希望能藉此成交觀眾的訂單，期望觀眾能在行動中執行、大力推廣自己的觀念，這些都隨著演說內容的不同而有所異。

如果在講稿的一開始就提出重點，那主體的部分就得進一步加以詳細闡述，否則演說一結束，觀眾也把那些重點忘記了。講稿的主題就是中心內容所在，一篇講稿的內容是否充分、論證是否嚴密，主要看演說的主體如何，一般有以下要點。

1 結構簡單

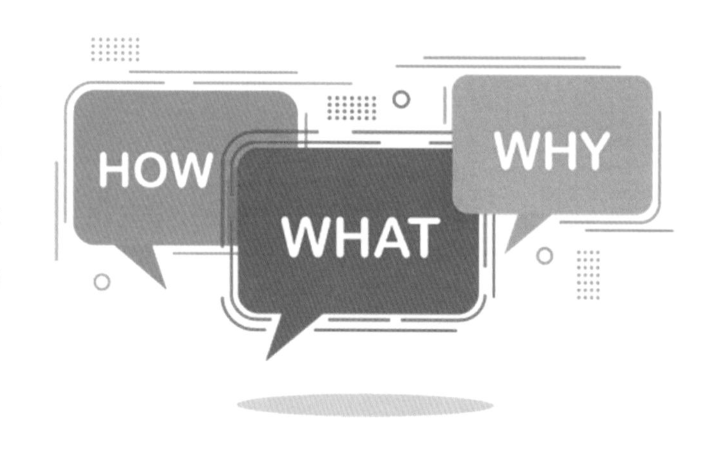

內容結構不能太複雜，因為演說是透過言語傳達給觀眾的，太複雜的結構會讓觀眾失去耐心，因此講稿不宜寫得過長，適可而止。可使用最簡易的「What」、「Why」、「How」，循序漸進的說明。

2 由淺入深

由小範圍拓展到大範圍，可以增加文章的廣度、深度，如果應該有層次卻未能表現出來，就容易使內容凌亂。例如從「個人」到「家庭」，再從「社會」到「國家」。

3 突顯主題

可以運用多種立論的根據、名人觀點，來證明中心的論點，多層次之間要靠邏輯關係聯繫起來，而且次主題之間則注意要自然地連結起來。

4 具體、生動

內容不能只是平舖直敘或是羅列數據，而是要運用技巧，使敘述富有變化，因此應選擇具體、生動的內容素材，別淪為空洞、古板的說教。

5 正反論證

要避免一味地贊成或否定，可以有正面論述、反面論述，讓講稿更有說服力，也可顯示講者的立場公正。

6 提出相關主題

講者可以帶出主題的相關議題，可以使內容更加延伸，但要避免牽扯過多、造成離題。

7 文體交錯

講稿可以論理、抒情，敘事中說理，說理中帶有感情，除了要有豐富的內容，更要能打動人心，理性與感性並重。

在演說過程中，注意要始終圍繞著主題，注意不要離題。有時我們要根據觀眾的情況和現場氣氛，對演說的重點、順序、表達方式進行適當地調整，使一切行動都圍繞著主題展開。

演說最理想的就是：講者最注重的內容也正是觀眾印象最深、感觸最多的那一段。在重點的表現上，「集中」是一個方式，也可以「分散」在全篇講稿各個部分當中，使之層層展開，但必須做到「形散而『神』不散」，也就是主旨仍要貫穿全文，重在「劍意」而分「劍招」！

演說講稿結構的「結尾」

好的演說絕不能虎頭蛇尾，想達到完美的效果，漂亮的結尾也很重要，有了精彩的開場白和中段主體的論述，接著若能有一個整合性的結尾，就能為此演講畫下完美的句點。許多講者的演說非常好，但最後往往會被被過度冗長、無趣或離題的結尾給破壞，因此，你所選用的結尾，必須能讓觀眾將你的主體觀念「帶回家」，使他印象深刻。

多數觀眾對於類似的主題其實已是聽了又聽，早已有了既定的想法。當然，文無定法，結尾有各種方式，中規中矩的演說不會有太大的問題，但難免會落入窠臼，了無新意。一般的演說結尾若使用「前後呼應」、「要點歸結」，就能發揮不錯的效果。或者「整理重點」、「告知觀眾該如何行動」、「最後說一個故事」來結束演說，也是常態。

如果要替自己的演說加分、不落俗套的話，關鍵就在於「另出新意」。最快速的方法是更新狀態、吸收新知，例如關注報章雜誌、電視新聞和節目，了解現在流行的事物和社會亂象，這都是講者要注意的情報蒐集範圍。

你可以說：「總結就是……」、「最後一點……」、「最後我要說的是……」讓觀眾接收到你演說即將結束的訊號。如果要以名言佳句作為收尾，可以加入自己的構思或心得，例如：「雖然大家都說『天助自助者』，但以筆者的經驗會想補充：『正面思考（緊扣主題）』也是助你達成目標的關鍵因素！」如此能讓觀眾在既有的印象上，對你的演說印象更深刻。

也有的方式是在最精彩時，立即以簡潔、有力、感人的話語來迅速結束，是一種言已盡而意無窮的境界，能讓演說留有餘味。

除了講稿內容一定要言之有物外，音調的高低、手勢的配合、儀態的表現、眼神的交流等等，也都是講者表現的一部分，讀者們也要注意。

內容呈現

～你的演說如何引起共鳴～

- 練就一嘴好口才
- 如何說得悅耳、讓人動容？
- 善用肢體語言吸引目光

BEST SPEAKER: GIVE A WINNING SPEECH EVERY TIME !

練就一嘴好口才

會公眾演說對於實現個人目標有著至關重要的作用，而要練就一副好口才，首先就要對「什麼是會說話」的標準有一個較清楚的了解，只有如此，我們才能在口才的練習中更有針對性，達到事半功倍的效果。

那什麼是好口才呢？我們知道很多成語都形容人們說話的特徵，例如：「滔滔不絕」、「口若懸河」、「三寸不爛之舌」、「巧舌如簧」等，從古至今人們經常用這些詞來形容一個人如何能說、如何能辯。

但這是否就代表「滔滔不絕」、「口若懸河」的人具備好口才呢？那可不一定。很多人會認為表達能力的訓練，只不過是「出一張嘴」、「推銷話術」、「心口不一」、「作秀」之類的「雕蟲小技」；又或者是誤認為「口才好」，就等於一開口就像發射機關槍般停不下來的「演說家」、「雄辯家」……可事實上絕非如此。

透過表達能力的訓練，其實我們要成為的，是一個能夠更自信地呈現出自己面貌、思想、觀點與實際能力，同時能夠有效與他人溝通、互動、互相幫助的人。讓自己不論在職場、在各式各樣的社交圈子，在家庭、伴侶關係中，在實踐自己理想的人生道路上，都能與人的關係更和諧。

真正的「口才好」、「會說話」，絕不等於滔滔不絕、口是心非、硬將黑的說成白的——因為，如果缺乏真誠的信念、強大的心理素質與自信作為支撐，由內而外自然地呈現出來，必然會被「明眼人」一眼看穿，經不起檢驗、也不具任何說服力。

口才好、會說話，真的比較容易成功嗎？的確是的。但其必要前提是你必須發自內心，同時兼具實力、自信與開闊的心胸。

對於會說話的標準，並沒有任何檢定來認可，但是在人們溝通、交流的過程中，逐漸形成幾點被多數人所認同與接納的標準，例如要能「言之有理」、「言之有物」、「言之有序」、「言之有禮」、「言之有采」，當然，五項全能並不容易，但你可以將之設為努力的目標。

1 言之有理：有理走遍天下

如果一個講者的道理不清、邏輯不通，黑的硬要說成白的，那終究是非可行的。如果你的言談中充滿著哲理的光輝和智慧的火花，那觀眾自然會對你產生敬仰之情。

2 言之有物：增加肚子裡的墨水

「口才」從字面上理解，是由「口」和「才」組成，「口」是口頭表達能力，「才」是提供我們表達的知識、才學。有口無才便是山中竹筍，嘴尖皮厚腹中空。《周易》上說：「君子以言有物，而行有恆。」言之無物，聽者就會昏昏欲睡。

要做到言之有物，平時就要不斷擴展自己的知識面，增加知識儲備，大量進行閱讀，像多與有學問的人一起交談，多讀報紙等都是開闊眼界、增加學問的途徑。

3 言之有序：別跳躍式地發表意見

戴爾・卡內基在自己的著作中曾提及：「如果一位演說者從一個問題跳到另一個問題，然後又回過頭來再談一遍，就像一隻蝙蝠在夜色中那般飛翔不定，還有什麼比這種演說更令人感到困惑呢？」

按一定的順序說明一件事情，由外而內，層層描述，才能清晰有力，顛三倒四、想到什麼說什麼只會造成頭尾不通。說話有序，語句間就能銜接緊密，意思才會連貫，我們可以透過運用連接詞來達到言之有序的目的。

例如，說話時放棄什麼都想說的想法，先想好說話的主題，然後按照開場、主體、結束的順序說下去，或利用「首先」、「其次」、「然後」、「結尾」等一些連接詞將所說內容連接起來，這樣就能避免話說得太多而混亂，讓聽者產生疑惑。

說話沒有次序的另一個表現就是離題。因此，言之有序的重點在於繞著主題說，避免東拉西扯些毫無關係的故事，主要的詳細說，次要的略說；主要的先說，次要的後說。

4 言之有禮：避開爭議性的話題

人與人來往時，舉止要有禮，說話更要有禮，誰都不喜歡和無禮之人打交道。

何謂禮貌的說話？態度謙和、出言謹慎，以和為貴，講者談論問題時，盡可能兼顧各方感情與利益，盡可能地求同存異。

在演說當中，一旦發現自己的話題過度敏感，就可以立刻轉移話題，不要不知趣地說個半天，如果發現因自己疏忽而選擇讓他人不快的話題，就應當道歉。

5 言之有采：表現出巨星的感染力

言語既是思想交流的過程，也是表現一個人文采的途徑之一。說話鏗鏘有力，活靈活現，有很強的感染力與說服力是好口才的重點。

在群眾面前說話，最高境界是既能說得清楚、讓人接受，又要能像詩歌一樣具有美感，更重要的是能達到目的，無論是銷售東西還是宣揚理念，所謂「信、達、雅」三者兼顧是也。

如何說出好口才？

美國20世紀知名演說家威廉・詹寧斯・布萊恩（William Jennings Bryan）第一次演說時，緊張到兩個膝蓋不停顫抖，不斷撞在一起，跟一般人都一樣，所以在公眾面前演說，絕對是可以練習的。

但「敢說話」的人並不是「會說話」的人，敢說話的人也不代表著他就說得出什麼高深見解。那什麼才說得上是真正的「好口才」？所謂的好口才，是指說出來的話擲地有聲，話一出口就能獲得觀眾的肯定，而不是被你的喋喋不休弄得心煩意亂、不清不楚。

那些能夠把意思說到位，能把道理分析得頭頭是道的人，都是用肚子裡的真材實料來征服觀眾的。聽他們說話，能感到如沐春風，正所謂「聽君一席話，勝讀十年書」，聽完他們的高見，更能感受到一股暢快感。

因此，即使你口才不佳，只要遵循以下幾個大方向多加改善，就可以讓你的公眾演說水準蒸蒸日上。

自然而然地說出對方想聽的話，是每個人夢寐以求的說話魔法，但好口才不是與生俱來的，它是在後天的實際演練中不斷修改、學習，才能日益完美的，也就是說，好口才需要靠日積月累的練習得來。

香港九龍有一間美髮沙龍，生意非常興隆，老闆談到其經營之道時，透露出是造型師在工作時善於和顧客聊天，才帶來如此好的業績。但要如何才能讓員工善於說話呢？原來老闆規定員工每天早上要做一件事——閱讀店內最新的報章雜誌，看完後再開始工作。這規定一直延續下來，成為員工每天的必修課。

透過閱讀，店員自然能找到談話的素材，而且能根據顧客的興趣轉換合適的話題，讓顧客在等待的時間裡不會覺得無聊。如此一來，回頭客自然就多了起來，老闆當然也笑容滿面。

過去曾擔任補教界國文老師的節目主持人于美人，當年為了讓學生可以聽到好故事，使他們對課程內容印象深刻，於是她養成大量閱讀的習慣，培養出快速整理資料、並徹底消化的特殊能力。

她說：「在台北南陽街六年的國文老師生涯中，我每天都在訓練自己從海量的文字堆裡找出重點，在上課的時候把這些重點，用『說出一朵花』的方式與學生分享。」她又說：「『不錯』的定義就是『不犯錯』。」

就像威爾·史密斯在電影《全民情聖》（Hitch）中，說出了追女孩的實用台詞：「你要做的，不是讓她喜歡你，而是不讓她討厭你。」盡可能地少犯錯，就能達到「不錯」的境界，那要如何才能少犯錯誤呢？追根究柢，這需要你每天的練習，經常練習、經常的「不錯」，進而達到不犯錯的習慣，讓你很難說出錯誤的話。

如果一個人見識淺薄，且沒有進行適當素材資料庫的更新，那就會成為我們生活中處處可見的那種——說起話來如水庫洩洪般滔滔不絕，但仔細一聽就知道沒有什麼內容的人，跟這樣的人交談再多，對我們也沒有太多地幫助。

從形式上來看，擁有好口才的標準是能夠出口成章，說一口流利的話。但是說得多並不代表就是說對話，好口才的人在說話時會考慮到是否合邏輯、是否夠生動，他們往往能把話說得活靈活現，起承轉合全都兼顧到。

究其原因，就是因為他們涉獵廣泛知識，因此在說話時能有效駕馭這些有內容的素材，並且不斷地更新和自我充電，提供觀眾最新的知識資訊。

在演說中最常見的毛病就是言之無序，具體表現就是：顛三倒四、前後矛盾、沒有重點等。我們要突破「敢說」，之後要再「會說」，最終達到「好演說」的水平，那要如何做到說話條理分明呢？最主要的就是思維要清晰，富有邏輯性。

我們在演說時，可以將重點歸納為三點，講者運用這種方法就能迅速思考並條列出重點，特別是在極短的時間內即興演說，而且非常容易掌握。舉例來說：

- 我分享三個心得……
- 我說三個案例……
- 我們的三個任務是……
- 我們有三個需要解決的問題……

這個方法可以讓講者邊想邊說，有助於我們組織台詞，避免思維混亂的情況發生。另外勤於觀摩和練習也是提升說話力的不二法門，說話是一門「表演藝術」，融合了儀表、聲音、語調、表情、台風等各方面的整體表現。

既然說話就是演出，自然可以透過不斷演練，使自己更臻完美，盡可能讓自己處於說話的環境中，就像 KTV 唱久了，歌藝就一定會進步，因為越發抓到訣竅了。

只要聽到精彩的演說，你都可以用心觀察各項細節，分析其中動人的因素，對於生活周遭發生的故事，也可以記錄下來，作為與人溝通或演說時可用的素材。

慢慢地，你會逐漸超越「技術」層次，進一步將說話與自我的人格特質結合，創造出屬於你、獨一無二的個人魅力與說話風格。

台灣卡內基中心創辦人黑幼龍，他的卡內基課程曾造就無數說話、領導高手，但他說話不是口若懸河，而是慢條斯理，飽含誠摯的情感，且有說不完的動人故事。這是黑幼龍的說話風格，那屬於你自己的是哪種呢？

對人的關心，是說話的初衷，說話，無非是為了表達自己，行動別人。所以，說話高手無不洞悉人性，成功的演說或人際溝通，無論其主題、目的為何，必定從目標對象、聽者的需求與立場出發。

說話時，時時把「人」放在心上，自然會知道何時該開口，何時該保持緘默；何時該「進兩步」，何時又該「退三步」；哪些話該說，哪些話又不該說。只要講者能將觀眾當成自己的朋友放在心上，那就不用太擔心自己的演說過於生硬、無趣，因此能「換位思考」就是此點的最高境界。

建立使用率最高的說話資料庫

我們發現，口才好的人在說話時往往能旁徵博引、妙語如珠。要做到這一點，除了要腦袋清楚，更重要的是要有豐富的說話素材，這可以說是訓練口才、增強口語表達能力的一個行之有效的基礎方法。

只有大腦存放了各式各樣的素材，我們才能信手拈來，說起話來是「有料」的滔滔不絕。如果你的腦中是一片空白，無論怎麼硬想，臨時也說不出什麼太精彩的內容。

被媒體譽為「偉大的溝通者」的前美國總統雷根（Ronald Wilson Reagan）有著演說的演戲天分，尤其他的演說風格高明而極具說服力，從早期他從事相關職業的表現便可得知。1932 年，雷根曾先後在愛荷華州的 WOC 廣播電台、WHO 廣播電台擔任運動播報員，負責播報芝加哥盃棒球賽，僅依靠著球場傳來的收報機文字訊息，在廣播室裡以他的想像力來報導比賽進行的情況。

LIVE STREAM
隆納・雷根

有一次比賽進行到第九局時，收報機突然故障，但雷根仍流暢地虛構比賽進行的情況，直到收報機修好為止。雷根擅長於在「照本宣科」與「即興演出」之間找到一個最好的平衡。另外，雷根對於「說話」這件事的態度也值得我們仿效，因為就算你是全世界最會說話的人，擁有全世界最會寫演講稿、讓你可以放心「照著念」的一群幕僚，你也必須像雷根一樣，認真地準備每一場演說，讓每位曾經聽過演說的人，都留下終生難忘的印象。

「說話」實際上是一種智力運動，談論的話題、內容往往會涉及各種知識領域。

記得古代以口才聞名的蘇秦嗎？當他第一次去遊說諸侯時，就因為說不出個什麼高見，遭受到慘痛挫折。所以，演說需要天分、需要練習、需要修正、當然也絕對需要做最完整的預先準備工作。

說話，一定要先有基本功，才能去談論如何增加深度或寬度、廣度。而說話的基本功當然就是「說話有禮」，像是：

- 各位好、各位早安。
- 請問各位是否有什麼疑問或想法？
- 能否麻煩各位告訴我……
- 真的非常感謝各位的支持！

一般來說，無論在什麼場合，平易近人的「禮貌用語」都能派上用場。幾句適當得體的話，能夠展露你的品格修養，就這麼簡單，為什麼不呢？

一位猶太傳教士每天早晨都去散步，無論看到誰，他總是笑著說聲：「早安。」一位名叫米勒的年輕農夫，對傳教士每天的問候，始終給予冷漠的態度。然而，年輕人的淡漠，卻未曾改變傳教士的態度，每天早上路過時，他還是會向這位冷漠的年輕人打招呼。終於，有一天這個年輕人拿下了帽子，向傳教士回了一聲：「早安，傳教士。」

好多年過去，納粹黨上台，某天納粹黨將傳教士和所有村民集中起來，送往集中營，下了火車列隊前行的時候，有一位指揮官站在前面揮動棒子，喊著：「左！右！」被指向左邊的人據傳是死路一條，而被指向右邊的人，或許還有生存的機會。

很快，傳教士被這位指揮官點到名了，他止不住顫抖地走上前。當他絕望地抬起頭來，卻對上了指揮官的眼睛，沒想到這名指揮官竟是一名熟人，於是脫口而出：「早安，米勒先生。」

米勒雖然面無表情，卻也回了一句：「早安，傳教士。」然後又大喊一聲：「右！」傳教士幸運地被指向了右邊。

所以，千萬不要低估一句話可能產生的蝴蝶效應，它可能會讓許多講台底下的陌生人對你產生好感，走進你的生活，成為開啟你幸福之門的一把鑰匙。

成語也極需擴充至資料庫中。成語是語言中經過淬煉所留下的，通常都有著深刻地思想內涵，簡短精闢，多由四個字組成；而俗諺通俗易懂，是大眾創造出來且口耳相傳的話語，累積一些基本成語和俗語的字彙、語句量，不僅能提高自己說話的內涵，還能避免因為不理解這些話而丟臉。例如：

「你怎麼沒有愛屋及烏呢？難得女朋友一家都上台北玩了，怎麼只跟女朋友約會？」

「無事不登三寶殿，今天上班前就先來找你，是真的有事了！」

成語和俗語能使複雜的句子簡單化，一個成語或一句俗語所包含的意思往往不是一句話能解釋清楚的。上述兩句因為帶入了成語，使對話變得簡單又充滿生活氣息，只是這裡需要注意的是，成語和俗語帶有濃厚的感情色彩，褒貶分明，因此在使用時一定要注意，如果亂用成語，反而會弄巧成拙。

說話時，也別忘了要準備一些能與台下觀眾有共鳴的相同話題，才不會毫無互動，冷場、尷尬。適時地在演說過程中加入一些時事議題或流行語，引起觀眾的興趣，一起來看看有哪些例子吧！

網路流行語	
用語	解釋
是在哈囉	是在幹嘛？（Hello ？表示疑惑）
月經文	經常有人提起的話題
森 77	發脾氣
母湯喔	不行／不可以喔 (台語)
氣 pupu	發脾氣
水逆	（水星逆轉）運氣差
粗奶丸／粗乃丸	出來玩
下去領五百	調侃對方是被聘請的網軍
佛系	凡事無所謂的態度
俗辣	膽小
傻眼貓咪	傻眼
婉君	網軍
94 狂	很厲害
旋轉	講話不斷兜圈子／呼攏人（你不要旋轉我）
踹共	出來講／出來面對（台語）
邊緣人	沒有朋友

數字類流行語	
用語	解釋
80	霸凌
2266	零零落落
2486	白癡／傻子／爛貨／沒用（台語阿斯巴拉）
666	很厲害
777	超厲害

英文字流行語	
用語	解釋
BJ4	不解釋
der	的
GG	Good Game，完蛋了
hen	很
QQ	哭哭

話想說得漂亮，就必須要有好素材可用，當說話者自身蘊藏的知識豐富，那麼他所說出的話，精彩度就越高。

如果我們在談話中能有效運用這些素材，就越能表現出我們言談之中的含金量。若你腦袋空空如也，自然怎麼想都找不出話好說，也做不了好菜。多增廣見聞，就能了解世界動態、國內外新聞、科學界的新發明、藝術界新作品、娛樂新聞、影視作品等，如此一來，無論你的觀眾背景為何，你都有話可說，避免遭遇冷場的尷尬。

絕大多數著名的演說家都透過閱讀優秀的書籍來提高自己的水準。例如：前墨西哥總統維森特・福克斯（Vicente Fox）每天高聲朗讀莎士比亞的作品，以至於他的演說風格能更完美；希臘著名政治家與演說家迪摩西尼（Demosthenes）親手抄寫修昔底德（Thucydides）的歷史著作達八次之多；十九世紀末俄國大文豪托爾斯泰（Leo Tolstoy）把《新月福音》讀了一遍又一遍，最後可以長篇背誦，這都是增加資料庫內容的方法。

前美國總統林肯是世界上著名的演說家，他那優秀的口才也得益於閱讀，他讀過許多大文豪的經典作品，還能把英國詩人拜倫（George Gordon, Lord Byron）的詩集整本背誦下來，他在白宮時經常翻看莎士比亞（William Shakespeare）的作品。他在演說中旁徵博引，其透露出的卓越學識，吸引了百萬名觀眾，他有次以尼加拉大瀑布為題材的演說，更是精彩絕倫。

「很久以前，當哥倫布最初發現這一塊大陸，當耶穌基督被釘在十字架上，當摩西率領著以色列人渡過紅海，啊，甚至亞當從救世主的手裡逃出來，一直到現在，尼加拉大瀑布都始終在這裡怒吼著。古代人和我們都一樣，他們見過尼加拉大瀑布，而這個比人類第一個始祖還老的尼加拉瀑布現在一樣新鮮。前世紀龐大的巨象和爬蟲也都見過尼加拉瀑布……」

在這段演說之中，歷史與傳說兩者被林肯巧妙地融合一起，而且涉及了哥倫布、耶穌、摩西、亞當等在世界發展史上頗有重量的人物，原先這條看似沒有生命的大瀑布，在他的描述下變得像是時代的見證者一樣崇高。

再高深、複雜的事物，背後都有個簡單的「故事」，只要掌握事物的初衷、或背後的邏輯，就能以極精簡的言語去描述它。

你知道美國的教育是如何訓練寫作能力的嗎？美國的學校一學期可能只要求學生針對兩、三個題目寫作，但是同一道題目會演練很多次，例如交完第一次作業後，老師會要求你將第一段中的某個重點描述得更仔細，到第三次又再將修改後的文字進行增修……

反覆重整同一篇文章的架構、修辭，使文章更趨於完美，且這樣的反覆琢磨法，同樣適用於組織、架構說話內容的訓練。當然，提升說話的思想內涵，最簡單、快速的方法還是讀書、讀書、讀很多書，大量閱讀使腦中資料庫豐沛，自然能出口成章，旁徵而博引。

製造演說話題的另一個主要來源是人生閱歷，透過自身經驗挖掘出的話題最有吸引力，同時它也是取之不盡、用之不竭的。我們都有過這樣的經驗，就某個話題發表自己的看法時，我們總習慣先在自己曾經的人生閱歷中，搜索可以作為分享的案例。因為自己親身經歷的事情，感受往往是最真切、最深刻的，也因此在表述的時候，最容易打動觀眾，引起對方的共鳴。如果你與談話對象恰好有過相似的經驗，那麼那種惺惺相惜的感覺，就不是單用幾句話就能表達的了。

人生閱歷有很強大的感染力，因為每個人都有著強烈的好奇心，對於自己不知道的事情抱有強烈的熱情。所以在準備話題的時候，不妨從自己的人生閱歷入手，選擇那些鮮為人知的故事作為你談論的焦點，例如自己的旅遊見聞、難忘的經歷等等。

每個人從事的職業不同，接觸到的人事物不同，其閱歷當然也有著千差萬別。一位經驗豐富的戰地記者，談起採訪經驗肯定真實可信；一名走遍世界各地的背包客，談起各國的風俗習慣，一定滿懷喜悅地與你分享。

走過逾250座城市的旅人兼作家陳浪，從大學生走到背包客，從背包客走到旅人，每次旅行都以深沉的個人情感與成熟的心態出發，在旅途中換回更多、更深刻的體悟，並透過文字，將他流浪的故事帶給讀者。

背包客一詞對陳浪來說，並非僅是較省錢、窮遊的旅行方式，他認為背包客是一種心態，你不用特意刻苦，但必須要能坦然、淡定地面對旅途中遭遇的一切。一般人對於旅遊的解釋，通常是「享樂」、「放鬆」，但以他的觀點來看，旅遊是在體驗當地的生活，換個更準確的說法是：在路途中「生活」著。

陳浪走過的路程無法計數，每一里路都像是在走著各地的人生百態，不刻意節省花費，用真摯的心去和每一座城市交朋友。最一開始還是學生時，確實比較拮据，可說是窮遊，但在之後的旅途中，漸漸發展出自己認定的、喜歡的旅行方式。

旅行中，偶爾會有一些畫面、人物，或者是經歷，讓人感覺到自己「不一樣了」，這也是旅行令人著迷的地方，多走過世界的一處角落，我們就多將那些旅途中的感受，內化成一部分的自我。

旅遊是豐富人生閱歷的一個好方法，因為在旅途中，你會接觸到各式各樣的人，見到千奇百怪的風俗習慣，所以若在演講中插入一小段的旅遊經驗，向他們分享你在旅程中所獲得的啟示，絕對能讓觀眾聽得津津有味，對你的演講印象深刻。

魔法講盟也獨創論劍活動，以大自然為課堂教室，讓學員在山林間，開闊不一樣的視野外，大夥兒相互論劍切磋，這不僅是一場城郊漫遊、一段不為人知的幽徑探索，也是一趟微觀又深度的時空之旅，更是知性與感性的對話、細緻的心靈沉潛、緊密的物我交融的人生新體驗。

▶ 論劍微旅行照片集錦

如何說得悅耳、讓人動容？

講者所傳達出來的資訊，有 38%是經由聲調表達出來，觀眾自行判斷繼續聽或者是不聽。聲調的地位僅次於肢體語言的 55%，除了文字內容，講者的聲調、音量、音色、說話的速度、停頓的次數、吃螺絲的程度、表達的情感等，都會傳達出不同的訊息感覺。

因為文字內容是僵硬的，觀眾能否接受講者的內容，端看講者如何表達。例如有些演說充斥著不切實際的內容，與現實有過大的差距，以致觀眾不能信服；或是講者認為自己的演說非常精彩，然而觀眾卻聽不懂他在說什麼；又或者是講者的用詞不夠嚴謹，因此被觀眾誤解等等，許多狀況都是由於講者的言語表達不夠準確而造成，因此在前期準備階段的撰寫講稿時，要能恰當地布局起、承、轉、合，並注意搭配說話的各種技巧，這非常重要。

說話的速度與音量

首先，說話速度會影響人們對於資訊的理解程度。一般來說，一個人平均 1 分鐘會說上 180 ～ 200 個字；說話慢條斯理的人，1 分鐘約是 80 ～ 90 個字；說話急促的人則會超過 200 個字以上。而人們的聽力 1 分鐘約是 450 ～ 650 個字，也就是說，當人們在聆聽的時候，頭腦運轉的速度比說話的時候快了二至三倍。

換句話說，如果講者的說話速度 1 分鐘超過 650 個字的話，那觀眾可能來不及聽清楚他在說什麼。說話快的人通常具有較佳的表達力與說服力，但聽得慢的人卻很容易因為聽不懂而產生煩躁感，且太急促會令人感到不安；同樣地，說話太慢的人會讓人感覺他似乎有些懶散和漠不關心。

兩者相比較，講者的說話速度快會比較好，因為說話快可以展現出他的思考力、領導力都很優秀，給人幹練的感覺；說話太慢則讓人感覺沒有衝勁，好像內容也無關緊要似的，考驗著對方的耐心。因此，理想的說話速度最好是不急不緩，讓觀眾產生興趣繼續聽下去，但也不會過快，使他們感到急促。

說話的音量可以使人感到舒服，也可以使人感到煩躁，大聲的呼喊可以使人精神一振，輕柔的聲音可以使人進入情境。講者可以透過他們的聲音來傳遞愛、關懷、溫暖，或者是冷漠的訊息。

我們需要花功夫來改善不良的演說習慣，例如說話音量太小、有氣無力；說話音量過大、刺耳難聽。說話聲音太小反映出講者的自信不夠，或者發聲的力道不足；說話聲音太大可能是本身的聽力受損，或長期處在吵雜的環境中，因而養成大聲說話的習慣而不自知。如果聽力沒有問題，就可以經由調整來降低音量。

好的說話方式是音量適當，語調有好的高低起伏，速度不急也不緩，顯示出你對內容信心十足。聲音要有力，才有說服力，你需要努力練習說出悅耳的聲音，可以藉由「錄音自聽」與「說給別人聽」來反覆練習，改善音量與速度的問題，使觀眾聽得舒服，還能同時從內容中獲益。

有些人說話時也感覺像是在嘴裡含了一顆滷蛋，每個字都黏在一起，讓人聽不出具體的字、詞、句是什麼。你可以發現這類型的人在說話時，嘴唇似乎都不怎麼會動，因而產生咬字不清、說話含糊的狀況。或者是有些人說話會有拖尾音的習慣，這是一種撒嬌時用的說話方式，難登大雅之堂，在公眾演說當中不適合拖尾音，必須要改善。

說話含糊不清的人很少能打動別人，因為他們幾乎說不出什麼人家聽得懂的重點。所謂的「訊息傳達」就是「交流」和「溝通」，如果咬字或發音已經不清楚，又該如何交流、溝通呢？

咬字清晰、發音純正是演說的基本要求，

如果講者在說話時咬字不清、發音不標準，那麼在傳遞訊息時就會遇到困難，除了影響自身形象，嚴重還可能是造成言語理解上的誤會。

造成說話發音不清楚的原因可能是個人習慣，也可能是身體上的某些問題，如果是身體的相關問題，可以找牙醫或是外科醫生調整。但如果是自己的習慣所造成，就只有靠自我審視與逐步的修正，才能改掉長期以來的不良習慣。至於在說的過程中動不動就「清喉嚨」的習慣，會干擾聆聽，讓人覺得煩躁，這也表示喉嚨或聲帶可能受傷，應該尋求醫生治療。

那我們該如何糾正模糊不清的說話方式呢？

1 嘴巴放鬆與張開

說話時嘴巴一定要放鬆、張開，上、下齒之間要保持一定的距離，而不是像兩列玉米一樣緊緊靠在一起，否則不好發出清晰的聲音。說話時要把嘴型做到完全，將字音發完整、咬字清楚，有意識地把聲音送出去，聲音就不會含糊不清。

2 將音頻拉高

如果習慣性用低音頻說話，就會給人無精打采的感覺，且內容不清晰會讓人聽起來昏昏欲睡。你可以嘗試說話時盡可能拉高自己的音頻，能使聲音變得洪亮、有朝氣。

3 朗誦文章

你可以藉由大聲朗誦一段文字來做練習，注意要將每個字、句發音清楚，發出字正腔圓的聲音來，練習時間久了，就會有所好轉。

此外，發音咬字清楚的話，才能說話快；咬字不清楚的話，就得說話慢，同時聲音要足夠有力，才能讓觀眾聽得清楚。

音調可以是溫柔、刺耳、威嚴，或是有相當抑揚頓挫的，優秀的演說家能隨著他所要強調的重點，來改變說話的節奏。有些講者的演說很流暢，聽來舒服；有些講者則相反，結結巴巴、斷斷續續，使人感到不安。

演說時，平鋪直敘是大忌，在解說時要有跳躍、笑點、痛點等起伏變化，有時要高昂，有時須低沉……也就是語調要能引起共鳴，要有抑揚頓挫，有些內容可以帶過就好，有的內容反而要一再強調。

身為講者，我們演說的目標就應該要清楚、具有說服力，要能達到最大目的（宣揚理念或是成交），因此必須提起精神，從開始到結束的每句話都要咬字清楚，且節奏鮮明。

想要說話流暢，就要口語化，用自己的話來說明想傳達的資訊，避免咬文嚼字，才能使訊息的傳達更親切、更有效果。你可以將說話速度放慢來練習，並且用丹田發聲，在說到關鍵的地方時，稍微用力加重，就能立刻讓人明白重點在何處。

你也可以誇大臉部表情、嘴巴動作和肢體動作，你會發現只要嘴型誇張一點，就有立即改善的效果。而充滿熱情也是提高眼說流暢度的一種方法，你可能有注意到，當人們激動時，說話聲音會變高、變大，且語速也會變快，言談似乎更流利。

在演說時，要用你的熱情感染觀眾，帶入你的情緒，想像自己就是個經驗豐富的演說家，充滿自信地大聲演說。甚至可以呼喊，即使只是一個振臂一呼，傳達出新的力量都是巨大的，此時，台下每位觀眾的眼神和表情都會隨著你的熱情而激動。

在演說時，會因為重音、停頓、速度和抑揚的排列組合不同，使得演說有三種不同類型的節奏。

1 明快型

感情脈絡平穩，語調變化小，語氣平和，中速或稍慢，重音和停頓較少，多用於描述一件事，說明理論。

2 凝重型

抒發沉思、悲傷、激憤的情感所使用的一種節奏，多用於抒情性演說。

3 激昂型

抒發激昂、喜悅、憤怒、緊張等多種感情時所使用的節奏。語調高揚，大起大落，語速快，節奏流暢，音色明亮，重音與停頓較多。

這三種類型的節奏可作為整篇演說的基調，也可交替使用、靈活多變，但必須以講者的情感抒發為依託，平時可以找幾篇調性不同的文章，例如：抒情、立志、搞笑，只要是你喜歡的文章就可以。

盡可能地將同一篇文章朗誦多遍以上，唸到最後，你會抓到能用什麼樣的聲音來表達這篇文章的意涵與感情，等這些調性不同的文章都朗誦得不錯的時候，日後看到其他文章就可以很快地掌握住聲音該有的表情，在演說時該有的情感你也就能自然地表現出來。

在說話時，要善於抓住句子的重點，來強調自己所要表達的思想、感情，適時地運用重音，可以增強個人表達的感染力，區分出話語中的輕重之分，進而達到抑揚頓挫的演說效果。

說話時的呼吸技巧

人們都喜歡聽飽滿圓潤、悅耳動聽的聲音，說話缺乏底氣，自然不容易引起別人的關注，即便你說破嗓子也沒人想聽，更別說買單你的東西。

發音時，氣息是聲音的來源，也就是說，穩定的氣息是發音的基礎。在現實生活中有的人說話聲音洪亮、有力，這就是「底氣十足」；反之，有的人說話聲音就是比較小，或是上氣不接下氣，這樣的人則顯得底氣不足。

所謂的「底氣」，其實就是「中氣」，之所以會出現這樣的差別，除了身體素質不同之外，還有呼吸技巧的問題，也就是呼吸和說話的配合是否恰當。正常情況下，說話是在呼氣時進行的，停頓則是在吸氣時進行，如果是長時間的演說，就必須注意呼吸搭配的技巧。

在呼吸之間盡量輕鬆自如，吸氣要快速，呼氣則要緩慢、均勻，並且吸入的氣量要適中，太多會讓你喘不過氣，太少了又不夠用。

練習放鬆呼吸時，要盡量深長而緩慢，用鼻子吸氣，用嘴巴緩慢呼氣。做完一個呼吸循環約 12 秒，也就是深吸氣差不多在 3 ～ 5 秒間，屏息 1 秒，然後慢慢呼氣，時間也差不多在 3 ～ 5 秒，然後屏息 1 秒。每次最好練習 15 分鐘，當然，如果能做到半小時更好。

平時無論是站著還是坐著，記得要抬頭舒肩、展背，動作是胸部稍微向前傾，小腹內收，雙腳並立平放，這樣的站姿除了利於呼吸，你的發聲部位如胸腔、腹部、口舌都處於一個良好的準備狀態之中，只有呼吸通暢了，你的演說才會更流暢。

在說話過程中會有自然的停頓，這時候就應該自然換氣，不要硬說完一句長話，才大口吸氣或呼氣，搞得說話很費勁。且要按照自己的氣量來決定是否在較長的句子中間做停頓，千萬不要為了達到演說效果，而勉強自己不停頓、不換氣，這樣只會亂了說話節奏。

在演說時，不僅要讓你的

聲音有高低起伏變化，還需要有停頓與轉折的迴旋變化，如此才能使你的演說聽起來富有節奏感、悅耳動聽。

言語本身本就需要停頓，否則不會成為句子，台下的觀眾也無法聽明白，例如：前美國總統林肯（Abraham Lincoln）說話時有個習慣，就是適當的停頓，當他說到某個重要的問題，並希望這些內容能在觀眾的腦海中留下深刻的印象時，他的身子就會往前傾，注視著觀眾的眼睛，大概停頓半分鐘的時間，一句話也不說。

這種突然的沉默往往可以引起人們的注意力，讓每一個坐在台下的觀眾都豎起耳朵，專注地聽講者接下來會說些什麼，且停頓還有以下兩種效果。

1 提供觀眾思考空間

在演說的過程中，如果遇到了須強調的重點或出現不同的意見時，建議不妨做一個停頓的空白，讓觀眾有時間可以思考，消化你所要傳遞的消息，讓他們考慮是否要做出決定。

2 幫助回想內容和觀察台下反應

當你在演說中不小心忘詞了，就可以自然地做出停頓，停下來三至五秒不作聲，慢慢地深呼吸，或許就能想起來。多數人說話都太快了，要能適度停頓，順便看看觀眾的反應，千萬別沉浸在自己的世界裡一直說個不停，停頓也能讓你看看觀眾的反應為何。

演說時，話語的結構也要注意，嚴謹一些，避免使用不必要的贅詞，或是斷句斷得很頻繁，例如：「今天『喔』，要跟大家分享的是『喔』，『這個』行銷的秘訣『啦』！」

像這個例句就出現許多無意義的贅詞，聽下來根本沒有重點。

連接詞可以使用，但要避免過多不必要的「嗯」、「對」、「呃……」、「啦」等贅詞的語病，如此就能讓演說更流暢、有條理，切忌以疑問句結束陳述事件的結果，才不致影響語氣的堅定。

有時候也會出現一種狀況是，講者本身「ㄢ、ㄤ不分」或是對「ㄓ、ㄔ、ㄕ」的捲舌音有發音上的困難，或是把一句話說成另一句話。例如：前美國總統雷根（Ronald Wilson Reagan）也經常犯這種發音的錯誤，不過他的舞台魅力可以彌補此點不足。

雷根曾經把維也納機場「Vienna Airport」唸成了越南機場「Vietnam Airport」。即使是人稱最優秀的演說家雷根也會犯這種錯誤，因此，如果你也發生了，不需要緊張，也不需要感到尷尬、難堪，只要自然地修正就可以了。

例如當你覺得可以挑戰再唸一次時，就對觀眾說：「我再唸一遍……」；當你覺得發音上對你有困難，可能還是唸不好時，就對觀眾說：「我的意思是……」直接對觀眾說明你想說的重點，省略有狀況的詞語。

這種時候，你完全不需要多解釋自己的錯誤或為此道歉，只需要快速地將它更正過來就可以了，如此演說就能順利進行下去。

而且你知道嗎？不同性別的觀眾對演講的反應也會有所不同，使講者心中的預期出現落差。根據研究結果，女性多數會以「點頭」來表示自己的理解，比起男性，更容易說出肯定的話語；反之，男性多數只有在真正同意對方的說法時，才會點頭贊同。

因此，當女性講者看到台下的男性觀眾沒有點頭，或沒有任何反應來表示理解時，便很容易誤以為他們沒有留心聆聽，甚至覺得對方不同意或不尊重講者。

對於演說主題的看法，性別之間也有差異。一般來說，不同的觀眾組成都會有不同程度的興趣、知識和個人經驗。如果要使男性、女性觀眾都對你的主題產生興趣和反應，可以在內容上特別加入與男性、女性有關的經驗和故事。

作為一位優秀的講者，不僅要做到發音清晰、準確、流暢自然，還要能控制音量、語速張弛有度，適當地停頓並帶入感情，才能充分顯示嚴謹的邏輯力和語言魅力。

公眾演說是一種口語表達藝術，訓練重在加強實踐，多讀、多說，這便是我們在公眾演說中能有效達成個人目的的必備條件。更別忘了演講是「我」做主角，「我」說給「你」聽，所以演講者要更專注、堅定信念，演講不是四平八穩地站在台上說話而已，要用很多真實的小細節向觀眾帶出深刻的道理，留下深刻的印象，盡量用對方能接受的方式，將你的觀點說進聽眾心底，而不是讓人不耐煩地過耳即忘！

善用肢體語言吸引目光

公眾演說時，除了運用有聲語言外，還需要借助肢體動作等非語言的方式，來說明和加強表達。這些肢體語言主要發揮強調、補充、渲染的效果，有時甚至可以代替有聲的語言。

沒有經驗的講者多半不知如何運用肢體語言來輔助，有的直立不動，有的只是在台上前後走動或是胡亂走動，有的則將自己的演說大綱或是口袋裡的硬幣、鑰匙等放在手中把玩，其實這些動作都表現出他們非常緊張的一面，台下觀眾看得清清楚楚。

對此，唯一的解決方法無非是大量的練習，集中精神在演說當中，就能在觀眾面前表現自然的姿態。記住，演說並非從你站在講台前說話的那一刻開始，而是從你進入演說場地，觀眾看見你就已經開始了。

恰當與強調重點的站姿

觀眾就是講者的鏡子，而且是多稜鏡，能從各個角度反映出講者的形象。講者的體態、儀表、舉止、表情都應該帶給觀眾協調乃至美的感受，而要想從言語、氣質、神色、感情、意志、氣魄等方面充分表現出講者的特點，只有在站立的情況下才有可能。

那什麼樣的站姿才算是最恰當的姿勢呢？一般來說挺胸、縮小腹，精神煥發、兩肩放鬆，重心主要支撐於腳掌、腳弓上，頸椎和後背挺直，胸略微向前傾，以及繃直雙腿，穩定重心位置是最好的姿勢。

講者的站姿是以上述的狀態稍微的側身面對觀眾，當你想強調某些重點時，你只需要稍微轉到正面，便可以面對觀眾；如果你想更加強調，便可以往舞台前方走近幾步，離觀眾更近，再將你的故事表現出來，讓觀眾留下更深刻的印象。

此外，如果你是容易緊張的類型，那手上最好不要拿著紙本大綱移動，而是要握起拳來，這樣顫抖的手就不會引起觀眾的注意，最自然的手勢就是把雙手垂在身體兩旁，絕不要放在背後。

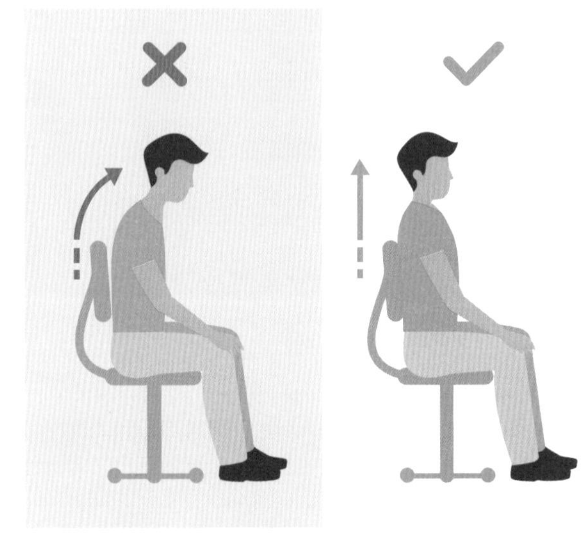

長時間的演說，則可以採取坐姿和立姿結合，如此既可減少講者的勞累不適，也能形成一種動靜相濟的效果，例如時間較長的政治演說、辯論通常會採取坐式。

坐姿的順序為：走近要坐的椅子前，然後轉向觀眾，腿的後方剛好貼住椅子，徐徐坐下，坐下來時要輕盈、徐緩，切忌匆忙、人未站穩就重重地將臀部坐到椅子上。坐下後要保持上半身挺立、頭部平穩，肩膀不歪斜，腳跟微縮、併攏，兩腳併起或是稍微前後分開，切勿把雙腳塞在椅子底下。

接著將雙手按在椅子兩旁，微微升起身體，然後移向後方。坐姿要文雅、大方，雙手宜分開放在兩個膝蓋上，不能翹二郎腿或出現兩手交叉在胸前等不良姿勢，從座位上站起來時，只需將坐下來的步驟倒轉。無論站或坐，背部一定要挺直，身體稍稍向前，用臂力按著椅子的兩旁，協助你從座位上起來。

你的姿勢也能讓人看出你的心境，如果你駝背、肩膀下垂，觀眾便知道你很疲倦、甚至是沒自信；如果你挺起胸膛走路，就能給人自信、大方的形象。以下筆者分享一些簡單、有效的建議，能幫助你顯露出美好的形象。

1 與觀眾互動的技巧

你可能有看過講者在舞台上自然地移動，甚至走到台下與觀眾互動，例如拍拍觀

眾的肩膀，或是指定觀眾回答問題，這是很值得學習的表現方法，但是要注意不能太頻繁，否則會讓觀眾的注意力過於分散。

2 再緊張都要挺直身子

在演說之前，一定要保持安靜和集中精神，即使你很緊張，也要坐得挺直、站得挺直、走得挺直，不要低頭望著地板。開始說話時，就要保持自然的姿勢，不要生硬得像個士兵一樣，你始終要記得，當你走進會場時，觀眾已經開始注意你。

3 走路的技巧

如果你低著頭走路，會顯得沒有信心，當你走路時，主力是在身體上，而不是擺動肩膀和臀部，如果腳步施力得不正確，便不會站得平穩，因此步履要平均，雙手則是自然地擺動。

演說中的走動要符合兩個原則，一是「目的明確」，走動是為了內容表達的需要，例如炒熱氣氛。走動時，講者要心中有數，該走則走，該停則停，絕不可盲目地走動。

二是「走動恰當」，往任何方向的走動都應是有意義的轉折和開始，且這個意義沒有結束就不可改變方向，否則會顯得不協調。此外，走動的幅度不宜太大，也不宜太頻繁，否則會使觀眾感到不安和厭煩。

4 上下階梯的技巧

當有需要在舞台上下階梯時，要在階梯前稍停一、兩秒，微彎膝蓋，頭不要垂下，一步一步地走上或走下階梯。上下階梯時不要只看著雙腳，如果有扶手的話，要握著扶手上下。

你可以養成站在鏡子前檢查自己姿勢的習慣，例如：耳朵位置應該保持在肩頭正上方的位置，而不是向前傾，如果傾前，就表示你正在駝背；肩膀應該是平的，不是聳肩，聳肩代表你過度緊張；胸膛應該向前挺，而不是下垂；腹部不要放鬆地突出；膝蓋要輕鬆地微彎，腳趾平放。

好手勢能有效吸引眼球

美國肢體語言專家派蒂 · 伍德（Patti Wood）說：「手勢是象徵性的肢體語言，當你說話時，姿勢也代表了說話的內容。」美國中央佛羅里達大學也經由實驗證實了這點，講者演說時依內容搭配肢體語言，能讓觀眾對他產生明顯的好感，且說話伴隨著肢體動作，會讓人感覺有魅力，「信賴感」和「專業能力強」的正面觀感也會連帶提升。也就是說，從現在開始我們可以學著從手勢上彌補自己的不足，為演說再加分。

手勢的作用是將你的想法和感覺傳達到觀眾的感受上，想做到這點，講者可以對傳達的資訊進行闡釋，以動作來協助表達主題，以描述、建議的語氣或者一些典型的手勢來加以強調。如果我們留心名人的演說，可以發現他們有一個共同的特點，就是說話過程中總伴隨著豐富、有力道的諸多手勢，手勢對增加說話的精彩和力度，催化演說的投入和發揮有著無法替代的作用，而且是聲音言語很有力的補充，甚至是替代。

當你全身心地投入演說時，若能加上大氣的手勢，就會馬上讓人感覺深具感染力。好的手勢可以讓觀眾專注於演說，不必要的手勢則會分散他們的注意力。適當的手勢雖然可以發揮相當大的輔助效果，但因為多數場合講者都需要手持麥克風，單手可以呈現的手勢就相當有限，如果需要操控電腦簡報，另一隻手可能還要拿著簡報筆，手勢自然會受到相當程度的限制。

演說時千萬別像根木頭一樣呆立在台上，必須要走起來、動起來，因為演說就是「演」加上「說」，光動

嘴巴不叫做演說，手勢、肢體語言也必須到位才精彩。手勢既可以引起觀眾注意，又可以把思想、意念和情感表達得更充分、生動，請善加使用。關於手勢有幾點要多加注意。

1 使用不同麥克風的手勢

如果你使用的是耳機式麥克風，就可以在演說過程中張開雙手，兩手的動作可以盡量大。張開雙手是最友善的手勢之一，能表現出講者是坦誠與值得信任的；如果使用的是單支手持式麥克風，就可以用空著的另一隻手自然地做出手勢。

2 手勢的適當位置

當你做手勢時，最好的位置是在胸前以上，如果太低，觀眾就無法同時注意到你的表情，假設你的前方有一個直立式講台，演說時若不使用手勢，雙手就自然地垂放在身體兩側即可。

3 避免的手勢動作

除非你有想強調的重點，否則應該盡量避免將你的手倚靠在講台上演說，這樣的動作會讓人感覺你為人高傲，或是一名強調自身崇高地位的人。在過程中，也要避免握拳或是用手指著觀眾，因為這會讓人感覺受到冒犯。

4 呈現不同感覺的手勢

如果你希望給別人溫和的感覺，手勢就應該做出圓弧曲線，例如：許多宗教家演說時，手肘都是自然彎曲的，像是要給人擁抱的感覺。蘋果創辦人賈伯斯在產品發表會時，手肘和手腕也都是放鬆的，並且手勢多半會以畫曲線或圓弧的方式呈現。

如果想要加強說服力，就可以模仿政治人物，他們的動作會出現很多「角度」，

除了緊握拳頭和呈現直角的手肘外，他們做任何手勢都會比較用力，並且常有類似「手刀」的動作，但這種手勢建議不要過度使用，不然會給人強勢、有威脅感的印象。

手勢並不是複雜的事情，它是將內在的事物傳達給人，僅僅是一種想法，或是一種情感上的表現，需要借助肢體來表達。

如果一個講者的思想和感情豐富四溢，那麼他也一定善於使用手勢動作，它需要的只是合理的引導。如果他對演說主題的熱情還不足以使他在演說中自然地穿插手勢，隨意做出幾個生硬的動作，反而使表現扣分，手勢必須是發自內心的，而不是生搬硬套。

優秀演說家的手勢會隨著時間、地點、環境、心情、觀眾反應的變化而經常改變，手勢的發揮是根據現場情緒和聽眾們理解的程度，來做出相應之變化的。

一開始練習時，或許能針對各種手勢動作暗記、加強，你可能會覺得這樣沒辦法讓你太專注在說話上，但等你上手之後就會了解，當講者在台上進入忘我境界時，那才是最完美、最自然的演說狀態，手勢也會是自然出現的。

如果你上台之後始終注意著自己的手勢、音調等，代表你沒有進入演說當下的狀態，並沒有全身心地投入演說、投入與觀眾的互動當中。

手勢只是一種輔助，大方向在於不能搶走觀眾對演說的注意力，同時要表現自然與配合當下的情境。當我們累積足夠的經驗時，就能逐漸形成自己的風格，自然地做出各種手勢而無須過度關注。

每一個成功的演員，都能以不同的手勢表現出特定的情緒反應，其實表現的方式是無窮盡的，只要多練習各種表達方式，例如典型的、誇張的，直到手勢能和演說內容融為一體。

只要講者是真誠做出這些動作，那麼遵守基本原則就已足夠，不必做得太刻板、太教條化，因為一場演講最重要的還是內容，手勢只能發揮輔助的作用，身體語言是為演說所服務的，唯有當講者的肢體語言可以更好地表達出他的情感時，才稱得上擁有嫻熟的演說技巧。

你或許會認為這些有關演說中的語調、肢體動作的建議有些矯揉造作，但注意公眾場合的外在表現，能幫助你提升自我價值的觀感，你會覺得更快樂、自信，你可能會聽到有人讚美你：「演說者非常落落大方，並且讓我獲益良多！」

臉部表情給人真誠感

在所有身體語言中，講者最難注意的地方，無非是自己的臉部表情了，因為就算場地備有大螢幕，講者也不會注意到自己的表情是什麼樣子，或可能展現什麼情緒。

因此，我們要時時提醒自己表現出最適合目前這段內容的表情，不要該表示哀傷時，卻面露微笑；明明在說笑話，卻還皺眉。每個人的表情往往都展露出一個人內心最真實的想法，你的一顰一笑、一喜一怒都在傳達著你的某種意願、感情或是傾向。

如果觀眾對講者不是那麼熟悉，他們對講者的第一印象就是他剛出場時的臉部表情，並且講者的表情會直接影響台下觀眾的感受。因此，當你要開始演說時，請記得落落大方地出場，並給觀眾幾個自然的微笑，以親切的第一印象出擊，使他們對接下來的演說充滿期待。

在過程中，有時難免會碰到某些觀眾不認同你的觀點或說法，因而表現出不滿意的態度，如果你能始終面帶微笑、友善地說話，能讓他們不致於有過度的反感。要注意，臉部表情的變化必須與演說內容相互配合，協調一致，有時要與手勢、身體姿勢協調，相互為用，才能相得益彰。

人的臉部表情貴在四個字：「自然真摯」，演說時的表情一般要面帶微笑。講者的表情應隨著演說內容富於變化，千萬別在上台後拘謹、木訥、僵硬，甚至冷若冰霜，對各種狀況毫無反應。

筆者曾遇到這麼一位學員，他最大的問題就是演說時缺乏笑容，每每都要提醒才會笑一下，但笑得十分僵硬、尷尬，沒多久又恢復到原先的面無表情。但在某場活動遇到，他剛好是那場活動其中一名講師，我發現他這次演說的表情變得相當自然，於是我問他：「你這次感覺很輕鬆，為什麼？」

「因為這次的主題是討論我的本行啊！」他回。

「為什麼談自己的本行能如此開心呢？」我又納悶地問。

「因為我很懂。」

「覺得自己很懂，那跟以前有什麼不同呢？」

「很懂我就不會緊張啦！」

這代表什麼？之前他一直笑不出來，是因為他對自己所發表的主題內容感到陌生，沒有信心所致，所以講者一定要熟悉自己要演講的主題才行，即便可能不是你拿手的內容，你也要盡力弄清楚，反覆練習，直到駕輕就熟。

但講者自始至終都呈現笑臉也不大恰當，我們在演說的過程中，應該配合著內容表現出心中的感受，透過臉部表情來強化情感，使台下的觀眾產生共鳴。講者如果故意做出表情，除了自己彆扭外，觀眾看起來也會覺得虛假，對講者的信任度降低。

你也可以透過觀眾的表情來調整內容，日本心理學家內藤誼人在著作《會面的細節等人來教，代價太高》

中提到，每當舉辦研討會時，如果女性的參加者比較多，他就能從他們臉上的表情，知道自己是否應該改變話題或是幽默一下，重新吸引觀眾的注意力。但如果男性的參加者較多，且幾乎都面無表情，他就很難調整自己的演說方向。

藉由觀眾的表情來調整演說中的氣氛外，也要注意自己在公眾場合時，只有開心、喜悅等正面表情才需要表現出來，如果是憤怒或抑鬱、難過等負面情緒，就必須隱藏好，這才是一名專業講者在台上應有的表現。

目光接觸，加深心靈交流

除臉部表情外，與觀眾進行眼神交流也是相當重要的。所謂「眼睛是靈魂之窗」，目光的接觸是最重要的非語言技巧之一，可以溝通訊息，例如：小朋友在父母親「看」一眼之後，就會立刻停止嬉鬧。眼神可以告訴我們一個人是快樂、哀傷還是平靜、喜悅的，當你想傳達訊息給台下的觀眾，或是想和他們互動時，就可以用眼神來接觸。

據相關研究顯示，講者如果能花五成以上的演說時間看著觀眾，就較可能被觀眾視為誠實、可靠的；而目光接觸時間少於五成的人，則容易被視為不友善、知識與經驗不足，甚至不誠實。

如果講者閃躲台下觀眾的視線，他們便會覺得講者不夠大器，甚至會覺得講者不具誠信。因此，講者應該要大方地與觀眾進行眼神接觸，同時要能展露出誠摯、專業與自信。

一般來說，講者多會盡量與觀眾有眼神上的接觸，但注意不能只看向一邊的觀眾，要盡量兼顧所有觀眾。當觀眾不多的時候，講者更可以和台下每個人都有眼神上的接觸；但是當觀眾多的時候，眼神接觸的方式是「掃視」，而非一位、一位的對上眼睛。講者可以將觀眾人數依座位分成三區，在演說過程中，輪流看向各區的觀眾。

如果你會因為要與台下觀眾對視而感到緊張，那你的目光位置可以選擇落在觀眾的頭頂，對觀眾來說，仍會感覺到講者的注視。你也可以和台下看起來友善的人目光接觸 3 秒，交替著凝視全部的觀眾，如果你開始感到緊張，那就在移回那名觀眾身上。

在演說時，如果你想吸引所有人的注意力，你可以隨時環視現場，全面地了解觀眾的反應，而虛視是指似視而非視，演說也需要這種虛與實的目光交替，「實」看的是某一區的人，「非」看所有人。

除特殊需要外，視線要隨時轉回正前方看，注視全場觀眾，及時從觀眾那裡得到回饋反應，來調整說話的語調、內容，以轉換現場的氣氛。觀眾多少都能感受到講者的關注，如此也才能放下手上的手機，開始注意講者。

講者看著觀眾說話，可以傳達出講者是在跟觀眾「對話」，而非只是照著講稿或簡報內容說話。觀眾雖然不太可能回話，但講者卻可以透過目光來觀察觀眾的反應與回饋，如果觀眾普遍出現昏昏欲睡的現象，就要有所警覺，設法透過「問答」或「與觀眾互動」的方式，拉回觀眾的注意力。

運用眼神與觀眾交流時，還必須使觀眾一看就明白，不至於疑惑、產生誤解，特別是視線的運用，往往是各種方法的交叉運用，搭配說話和手勢、身體姿勢等進行，才能達到最好的效果。

完美收尾
～主宰你腳下的舞台～

・多加利用視聽輔助工具
・急中生智，脫稿演出
・給演講做一個漂亮的 Ending

BEST
SPEAKER:
GIVE A WINNING
SPEECH EVERY TIME !

多加利用視聽輔助工具

你知道嗎？一幅畫勝過了千言萬語，因為人類獲得的知識有 83％是來自視覺所見。據美國愛荷華大學副教授艾米波倫巴表示，大腦並非是將所有感官輸入的刺激摻雜在一起以形成記憶，舉例來說，聽覺形成記憶的方式與視覺和觸覺不同，這使得記憶保存的時間有長短之分。

如果學校老師希望學生記得上課內容，就不能只是講課，應該多提供學生在「視覺」及「觸覺」方面的記憶點。因為大腦對不同的感覺器官輸入的訊息，有著不同的吸收程度，一般情況下，大腦對視覺的訊息吸收率最高，達到 83％；對聽覺的吸收率為 11％；嗅覺為 3.5％；觸覺和味覺輸入訊息的吸收率最低，為 1.5％和 1％。

從記憶的效率來看，聽覺獲得的知識，三小時後能記住 60％，三天後記住 40％；視、聽覺兩者並用所獲得的知識，三小時後能記住 90％，三天後也可記住 75％。因此，演說時若能適時、適當地利用視覺輔助工具，觀眾便會覺得講者的資訊有趣、易懂，且留在腦海裡的時間較長。例如：在投影布幕上秀出圖表說明等，視聽工具的優點就是使人更清楚，具體地知悉你所要表達的訊息。

如果你正討論一件物品，盡可能就把那件物品拿出來擺在舞台上，人們便會明白你說的是什麼。現在已是視聽資訊的時代，電視、手機、平板電腦等 3C 產品到處都是，這樣的環境使人會有一個基本期望，也就是在演說中可以看到一些視聽影像。

視聽工具也能使演說變得更有趣、更生動，觀眾會認為講者是有備而來，具有專業、值得信賴；反之，講者沒有運用視聽工具，即使他說得再生動，觀眾的反應可能也會不如預期。也就是說，只要在演說中加入視聽工具的輔助，往往就能立即提升觀眾的注意力和講者的說服力。

前美國總統雷根（Ronald Wilson Reagan）就不斷在演說中使用小道具吸引台下觀眾。例如 1984 年，雷根發表國情咨文時，就抱著一疊國稅局的表單和條款，他幾乎無法抬起這一大堆的文件，雷根之所以做這個舉動，是為了讓民眾知道稅制法規的複雜性，必須加以簡化並改革，而觀眾也能馬上理解他想說的重點。

使用視覺輔助工具時需注意的事項

現代可以運用在演說上的視聽工具很多，例如：內容中實際提到的物品、模型、照片、圖表數據分析、影片、簡報 PPT 等。雖然加入視覺輔助工具能有效強調講者要傳達的訊息，然而如果講者缺乏恰當的運用技巧，反而容易使觀眾分心，影響演說呈現的效果。以下提出幾點在使用輔助工具時需注意的事項。

1 簡報 PPT 勿長篇大論

簡報 PPT 作為一個輔助工具，發揮的是「提綱挈領」和「重點強調」的作用，因此千萬別在簡報 PPT 上秀出一大段文字。

2 圖片與文字以簡潔、清晰為原則

所有在演說上使用的圖片與文字都是為方便說明而使用的，一定要遵循簡潔、清晰的原則，別過於花俏和冗長得讓人生厭。

3 使用影像時，才秀出畫面

準備好說明影像內容時，才秀出畫面。許多講者經常在演說尚未開始時，就先打開投影機做預備動作，讓觀眾看著亮光、卻沒有影像的螢幕，不然就是看到的影像和

開場白毫無關係。

正確的做法應該是事先確定影像都已備妥，隨時都可以播放，直到演說需要影像的輔助時，才讓觀眾的視線集中在影像上。一旦說明結束，就立即將影像關掉或移開，你可以蓋上投影機的蓋子、把電腦螢幕關到最小，或是將黑板、白板上的字全擦掉，都能達到類似的效果。

4 事前準備視聽工具

無論你想使用什麼形式的視聽工具，都一定得事前準備，如此你才有足夠的時間和素材，來製作吸引人和有創意的輔助教材，使演說更加生動。

5 任何圖像都從基本說明開始

當秀出圖像時，一律先簡單講解，再做詳細說明。許多講者經常一看到圖像出現，便一股腦地解說其中各個關鍵的重要性，忽略了觀眾可能根本還不明白圖像的基本含意，例如座標圖上的 X、Y 軸分別代表什麼意思。

細心的講者會先說明圖表中各欄、各列、各軸的意思，讓觀眾具備基本的概念後，再進一步說明。

6 用自己的話解說

當進入重點或列表時，要特別指引並說明意義。若場地較小，可以用手勢引導觀眾該注意的地方；場地較大時，可以利用簡報筆來進行指引，並用自己的話來解說重點，千萬別看著投影布幕一字不漏地照稿唸，這會讓台下的觀眾覺得講師的態度敷衍，一點都不用心。

7 講述新的重點前，先進行提醒

當進入新的重點時，可以適時地提醒觀眾，如此可以讓觀眾知道演說即將有另一個重點，以拉回他們的注意力。例如，你可以說：「我們已經看到新的網路媒體行銷方式所能帶來的好處，接下來我們可以檢視最可行的網路行銷方法有哪些……」然後再放映相關的影像畫面。

8 避免用寫字來說明

避免使用黑板、白板或任何的寫字板做說明，因為當講者要顧慮在寫字板上畫圖或寫字時，就會增加他的時間與負擔，而且此時的動作會背向觀眾，所以應盡量避免使用這種作法。

9 圖片、文字要足夠清晰

確保視聽教材的圖片、文字的大小足夠清楚，有些講者的個人習慣是圖片、文字都放得很小，但如果觀眾很難看清楚你的資料，就等於沒有效果，因此要確保後面的觀眾都能看到清楚的圖文呈現。

10 別讓電腦問題影響演說

電腦可以製作許多有創意、令人留下深刻印象的圖像、影音等資料，然而要注意的是，當講者利用越多這類型的工具時，就可能需要處理技術上的問題，有些講者處理電腦問題的時間，已影響了他的演說時間。

演說前先熟悉視聽設備相當必要，事前學會操作會使用到的相關器材，以確保站在台上時，可以從容地展示相關資料。

一場演講，多數的講者大多不會發講義，但觀眾其實多半都喜歡可以帶走的講義，所以有準備講義的講者較受到觀眾歡迎，能獲得較高的評價。如果可以，要盡量避免在演說剛開始時便將講義發給觀眾，因為如果先發給他們了，那觀眾便有可能不大留心聽講，一頭埋進講義中，忽略你的演說。

所以，最好是在演說結束再發，且記得先知會觀眾結束時會另提供講義，不然會引起部分在課堂上抄寫筆記的觀眾抱怨，覺得自己白忙了一場。講義的數量也要準備充足，否則那些沒拿到的聽眾會抗議。

許多時候，講者會將注意力過度集中於視聽教材上，因而忽略了觀眾。要記得將目光保持在觀眾身上，講者要面對的是觀眾，不是螢幕或設備。當你看完屏幕上的資訊後，就轉身繼續面對觀眾，這樣你也才能知道他們對教材的反應如何。在講解圖表內容時，你可以藉此問觀眾：「你們同意這張圖的內容嗎？」

視聽教材有很多優點，能引起觀眾興趣、集中注意力，增加他們對主題的了解、減少冗長的解釋、引發一連串的思考等，請多運用這類型的呈現方法，這才是一場現代化的演說。接著與各位分享一場 TED 演說，看看講者是如何使用多媒體工具來為演講加分。

主講人為尼克・馬克斯（Nic Marks），他是一位統計學家，也是英國倫敦獨立智庫新經濟基金會（NEF）身心健康中心的創辦人，熱衷於提倡永續發展與生活品質間的平衡，他認為生活品質是可測量的，真正的快樂並非來自物質財富的累積，而是來自他人的聯繫、與世界接軌及自主權。

為了加以研究，他設計一套「快樂星球指數」（HPI），一項人類身心健康與對環境影響的全球指數，並在TED演講中提出這套「快樂星球指數」，藉以表達他的演講主題，人們的快樂與身心健康，是衡量一個國家生產力水準的重要標準，闡述一國安康與資源利用之間的關係，他的理論可用於教育、永續發展、保健及經濟等政策領域。

那他是如何把這嚴謹的理論，生動地呈現給聽眾的呢？聽眾聽完他的演說後，隨即明白其中意涵。原來馬克斯向聽眾展示了他的PPT，一張圖表。

於是我們創立我現服務的組織「新經濟基金會」及「快樂星球指數」，因為我們認為人們應該要快樂，星球也應該要快樂，所以，我們為何不創造一套以快樂衡量進步的標準？我們提議一個國家最終界定為成功的標準，要看它為其人民創造多少快樂與健康人生，這應成為地球上每個國家努力的目標，但我們要記得放入多少基本資源，我們使用了多少地球的資源，我們只有一顆地球，我們都共用著，這些終極的珍貴資源，我們共用的一顆星球，經濟對珍貴資源很感興趣，當它擁有珍貴資源，便想要將其轉化為一個合意的結果，其思考邏輯是效率，我們可以從中獲得多少經濟效益，而這便是我們衡量福祉的方法，當我們取用地球資源時，一種效率測量法，可能最容易讓各位明瞭的做法就是這張圖表。

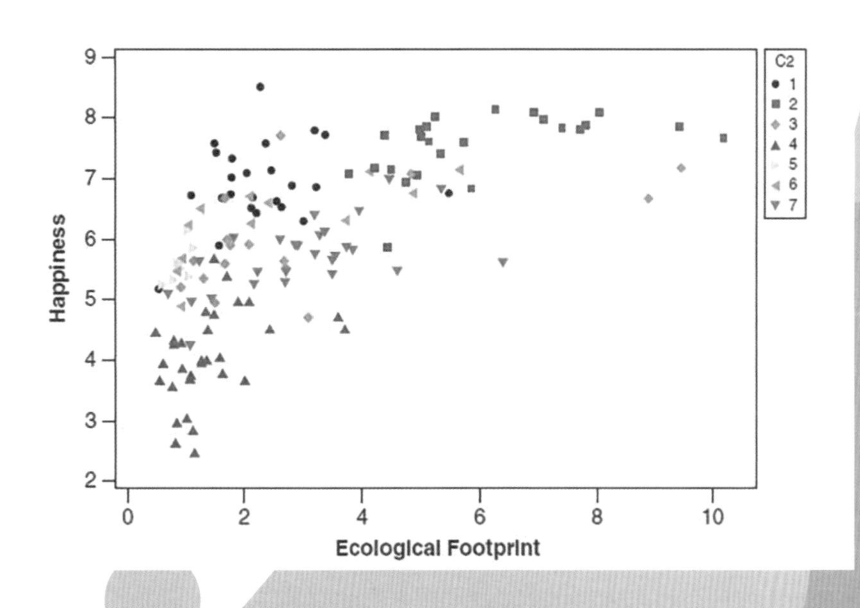

圖表X軸代表「生態足跡」，意即我們使用的資源量及我們加諸於地球的壓力，數字愈高愈糟；Y軸衡量的是「快樂歲月」，代表國家的福祉，有點像是經快樂調整過的壽命，更像是國家中生活的品質，表中的黃點是全球平均，多數的國家圍繞著這個全球平均點，表的右上角是福祉還算不錯的國家，但那也表示使用很多的地球資源，這些國家是美國與其他西歐諸國，以三角點表示，其中包含一些波斯灣國家；相對的，表中的左下角是沒什麼福祉的國家，基本上全位於南撒哈拉非洲，套用賀伯斯的語氣，那裡的生活短暫且殘酷，那裡大部分國家的平均壽命僅40歲，瘧疾、愛滋病摧毀了很多生命，全聚在這個地方。

但好消息還是有的！表上以黃色三角點代表的那些國家，位於全球平均之上，聚集在表中左上角，這是張眾人夢寐以求的圖表，我們都想移到左上角，因為那意指好生活不以犧牲地球為代價，這些點代表拉丁美洲，那個獨自位處高點的國家是我尚未到訪過的地方，也許在座有人去過哥斯大黎加，平均壽命是78歲半，比美國長壽。根據最新蓋洛普調查結果，他們是地球上最快樂的國家，比瑞士和丹麥國民更快樂，其國民住在最快樂的地方，而這麼快樂只用了1/4資源。

如果只憑文字語言來說明介紹「快樂星球指數」，可能很少有人會全面掌握其真正要表達的意思，而多媒體幻燈片恰恰解決了這一問題。尼克 ・馬克斯將其製作成幻燈片，形象而生動地向聽眾介紹了他的「快樂星球指數」，這張圖表也告訴聽眾，世界上最富有國家的人民消費最多的地球資源，但卻非身心最健康的人。

演講不僅僅是口頭講述，多媒體作為演講的輔助物，已經成為演講者最熱衷的資訊傳播媒介。多媒體作為可視輔助物，是一種無形的演示語言，它能夠吸引聽眾注意力，增強演講的樂趣，同時加深聽眾對演講的理解和記憶。借助多媒體的力量，在演講界已經是大勢所趨，而我們要做的就是，如何在演講中妥善運用多媒體，將其效果最大化，並留意使用過程中所要注意的具體細節。

講台與麥克風的使用要點

多數初次演說的人，都喜歡站在講台後方，他們將講台看成安全的城牆。在某些情況下，講台是有必要的，但有一個理由可以不使用它，那就是講者已經知道如何在觀眾面前建立權威感和贏取他們的信任時，講台此時就會減低講者在這方面的效果。

觀眾透過非言語的溝通能記住講者55%的資訊，但一個身材較矮小的講者會被講台遮住他大部分的身體，即使講台底座有高一些，但觀眾還是只會看到他的臉，講者無法有效表現出肢體語言的效果。

因此，盡量不要使用講台，不用講台的講者與觀眾之間少了這道牆，讓人感覺講者有自信及專業。不過，如果你仍想使用講台，有以下幾點需要注意。

- 演說前，檢查講台的高度，如果你的身材較為矮小，就需要一個站立的講台將你墊高。
- 演說時，不要將整個身體靠在講台上，多數的講者一靠近講台，便會過度放鬆，使姿勢逐漸懶散，而不良的姿勢會使人對你不信任。
- 別把雙手放在講台上，因為你的手需要用來翻演說大綱，並做輔助手勢。
- 當講者運用麥克風時，記得提高麥克風與音響設備的音量，這能幫助講者更清楚地與觀眾溝通。
- 是否需要運用麥克風，端看主題的重要性、場地大小和出席人數。多數演說的場地都會提供這些設備，如果出席人數在 40 人或以上，建議就一定要使用麥克風了。

記住，當你利用的器材越少，便越不會碰到器材出包的狀況。如果有必要使用麥克風，就需要另外注意以下幾點。

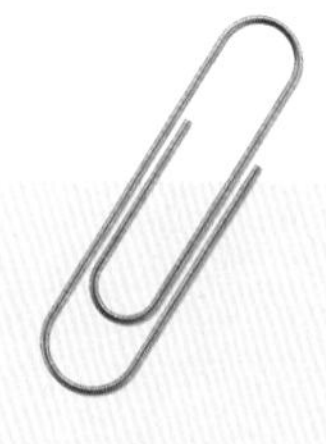

麥克風使用要點

Check it

- 無線麥克風最為理想，講者可以將它扣在衣領上，雙手可以做其他事情。但如果拿的是手持式麥克風，很容易影響到講者演說，一般歌手才適合使用手持麥克風，因為他們只唱幾分鐘的歌曲。麥克風有重量，當講者疲倦時，容易把手垂下，麥克風便不會對著嘴巴，影響觀眾聽到他的聲音。且麥克風也會影響講者的姿勢、使用投影機和翻閱演說大綱的流暢度。因此，最好可以將麥克風放置在麥克風架上，如此便能解決問題。

- 演說前，要記得調整麥克風的高度和聲音大小，按照講者的高度來調整，如果有人在你演說之前使用過，就必須在開始演說之前，再調整到適合自己的高度。若說話時才開始調整麥克風，會轉移觀眾的注意力，而不是留心聽你說話。

- 使用麥克風時，要把它移近你的嘴巴，這樣聲音才會大，觀眾也才聽得見，不要讓觀眾覺得你「怕」麥克風，影響觀眾對你的印象。

- 別讓麥克風遮住你的臉，或是妨礙你與觀眾的目光接觸，最好將麥克風放低，不要超過你的臉，如此觀眾可以看到你的表情。

- 麥克風不能把你的聲音變得好聽，它的功能只是把你的聲音擴大。有些字的發聲透過麥克風會產生刺耳的聲音，所以要低聲地說。此外，翻紙的聲音、咳嗽、清痰等聲音也都會被放大音量，必須注意。

- 如果可以不使用麥克風，就盡量不用，這樣能省去很多麻煩，也讓你不受它的限制，更能自由表達。

- 在演說的時候，假如麥克風突然沒電、故障，你可以先中斷演說，找工作人員或音控人員處理，避免不斷拍打或對麥克風吹氣。狀況解決之後，你可以說：「我相信已經沒問題了，我們繼續談到……」然後繼續演說即可，不用過度討論這個插曲。

急中生智，脫稿演出

脫稿演出其實是許多人都有可能面臨到的狀況，你辛辛苦苦寫的演說講稿、大綱放在家裡忘記帶，或是放在 USB 隨身碟的檔案到現場卻打不開時，講者就得脫稿演出，但脫稿演出其實還算一件好事，為什麼？

- 因為脫稿演說，大家往往能聽到真話。
- 脫稿說話，往往就能暢所欲言！
- 脫稿溝通，更能促進交流與互動。
- 脫稿說話，往往更能拉近觀眾距離。
- 看似脫稿的銷售式演說，更有成功勝算！

1999 年，時任美國總統的布希（George Walker Bush）訪問匈牙利，安排在國會大廈前的科蘇特拉約什廣場演說。但天公不作美，當布希來到廣場時，正下著雨，廣場上一片雨傘海，數千人在雨中等著聽他演說。

只見布希笑容可掬地走到麥克風前面，說：「女士、先生們」，然後向群眾揮舞雙臂致意。正當大家等著他致詞時，沒想到布希拿出演講稿後隨即把它撕成碎片，然後對著群眾說：「講稿太長，為使大家少淋點雨，改為即興言談。」話音剛落，台下立刻響起一片掌聲和歡呼聲。

除了年度的工作報告、重要會議的發言等正式場合可能需要講稿外，在一般的工作彙報、問題討論的會議上，其實更適合脫稿演出。當脫稿演說時，只有一個主題和內容大綱，在過程中，可以隨時調整思路和時間，更可以結合現場情況增減說話內容，有話則長，無話則短，不要看到觀眾已經心不在焉，你還在「埋頭苦說」，給自己和觀眾雙重折磨。

試想，誰願意在大雨中聽人長篇大論地說話呢？布希改為脫稿演講，正好解決了大家的矛盾心態。脫稿演說的用詞未必準確，邏輯性未必強，但收到的功效卻是一般唸稿式演講無法達到的。

實踐中已經證明，脫稿演說其實能夠增強說話的針對性和實效性，表現出講者的素質和專業。特別是脫稿演說可以直說主題，避免為了追求演說的結構嚴謹、面面俱到而廢話連篇。

因為常常見到許多講者上台發言時，總是拿著稿子一直說，講稿結構嚴謹，經常是幾大問題、幾小問題、幾個點等，條條框框的，限制較多，結果卻讓人聽了半天也不知所云、接觸不到正題，反而本末倒置。

筆者想強調的是，脫稿演出其實是好事，而非壞事！如果講者的稿子掉了、丟了、忘記了，那實際上場時就可以慢慢說，將內心的想法、心得真誠地表達出來。脫稿演說並不可怕，重點在於你要說的內容本來就要存在你心裡，或要說的是你很了解、感興趣的事。

無論是脫稿演說還是唸稿講話，都有一定的目的性，即在特定的時間、地點，參加特定類型的活動，針對特定的觀眾，為了達到某種目的所進行。當講者在演說之前，一定要明確以下幾個關鍵要素，也就是蒐集現場資訊，並據此來選擇演說的主軸。

以下幾點為脫稿演說時必須注意的事項。

1 時間

是在白天進行演說還是晚上進行演說？是在普通日子演說還是在紀念日等特殊時刻演說？時間是我們首先要考慮的重點，講者可根據要求的不同，來選擇合適的開場白。

2 地點

你進行演說的地點是室內還是室外？是會議室、禮堂還是宴會廳？在進行脫稿演說時，要根據地點來調整演說的內容和篇幅。例如：在會議室演說就不宜長篇大論，最好是開門見山、點到即止。

3 場合的類型

這是決定演說主題的核心要素，演說一般是在某種特定的場合進行的，例如開幕或閉幕、表揚會……演說主題必須配合場合，否則即使你的演說十分精彩，也不能算是成功的演說。

4 觀眾

演說就是向觀眾傳達自身的思想和情感，在演說前，如果不了解觀眾是誰，又如何傳達真實情感呢？觀眾是上司、下屬，還是遠道而來的貴賓，或是各行各業的來賓，都影響著演說時的語氣和風格。

5 演說的目的

明白為了什麼演說是很重要的事情，這場演講是為了迎接貴賓、工作彙報、知識分享，還是為了答謝致詞，抑或是銷售你的產品和服務？出於不同的目的，演說的內容會截然不同。「結果如何？」最終決定了此次演講的成功與否。

有時候脫稿演出，反而能讓講者說說內心的話。漂亮的話，雖然用詞優美，但觀眾可能不太愛聽；你發自內心所說的話，反而可能深得觀眾的心。而且，大部分的人都有一種迷思，那就是如果要寫文章或是演說，就一定會用富有文學素養和極有深度的句子來表現，但這個想法是錯誤的。

說話和寫書不一樣，寫書至少要有一定的文字素養，不能有錯別字，即便用很粗俗的方式說，也沒有關係，只要觀眾喜歡聽就好，這也很好，觀眾只要感受到講者是情真意切、發自內心在描述自己的故事，就會接受。

在脫稿演說時，可以避免採用「列點」的說話方式，例如：「最重要的關鍵有五點……」以避免你說到第四點、第五點時突然遺忘內容。若是真的忘記了，解決辦法就是「與觀眾互動」，講者可以請觀眾回答第五點應該是什麼，藉由討論的方式順著觀眾的答案說出自己的看法。或是一律採用「三點」的模式，條列時不超過三點，如此將能大大提高記憶性。

脫稿演說不是隨心所欲、毫無章法、邏輯混亂，為了保證脫稿演說的品質，講者反而要比有講稿時，更注意邏輯性。一般來說，就算是即興演說，也總會有幾分鐘思考的時間，所以要充分利用這幾分鐘的時間，盡快理清思緒、組織言語。也就是說，講者要能臨場觀察準備，盡快構思、熟悉演說現場環境，及時蒐集、捕捉現場的所見所聞，包括現場環境（時間、地點、場景布置）、觀眾、其他講者的演說等，以確定自己的話題，增加演說的即興因素，也可讓觀眾產生親切感，這就要求講者有較強的臨場發揮能力，能在短時間內把符合主題的材料組合在一起。

首先，要先想好框架，再為每個要點想一句精彩的總結，最好再想幾個很有感情色彩的事例、故事，幾句幽默的話、名人名言，以及闡述觀點的核心詞語等等。總之，圍繞著演說主題將各種素材安排在恰當的位置上，最後連貫成文。演說的最後，還可以問問觀眾有沒有什麼問題和想法等，讓演說有一個完整的結束。

使用以上技巧，可以讓你在演說時較為輕鬆，你只要保持鎮定自若的神情，敢於說話、不要害怕，不要閃閃躲躲，不要因為說錯話或思路中斷而臉紅窘迫，保持自己的微笑和自信，相信觀眾會原諒你的小過失。

即席演說可以預作準備

一般來說，最理想的演說通常是經過講者嚴謹的規劃及長時間的準備與練習，例如：分析觀眾組成、演說內容的構思、蒐集相關素材、製作道具和 PPT 簡報、撰寫大綱和講稿等等，再加上不斷地練習、再練習。

即便是每次上台都能讓觀眾如癡如醉的賈伯斯，在上台前也仍會不斷練習。以蘋果的產品發表會為例，短則 40 分鐘，長則 90 ～ 120 分鐘，而賈伯斯通常都會花兩個月以上的時間做準備，甚至到台上彩排，直到每個演說過程可能碰到的問題都被順利解決。

然而在日常生活中，除了與演說有直接相關的工作，例如演說家、講師或是因為特定原因需要上台演說的人，好比為客戶簡報、公司年度大會等，日常有許多場合必須臨時上台發表演說。

這種「即席演說」往往都會在各種場合中突然出現，例如參加各種活動時，突然被主持人點上台分享；或是公司開會時，老闆突然要求你針對會議主題發表意見，無法像正式演說一樣，能先做好充分的準備，成為懼怕上台演說者最不想碰到的情況。

但現今已是人人都要會說話的時代，只要是出席公開場合，我們都要做好被臨時拱上台的心理準備，以備到時真的突然被請上台時，不至於驚慌失措，反而鬧笑話。其實你不用過度緊張、害怕，因為即席演說通常不需要說太久，情境類似「電梯簡報（Elevator Speech），只要掌握住幾項原則，就不難應付。

將情況模擬為電梯簡報，你可能沒有電腦、也沒有 PPT，只能靠著你那出眾的嘴，然後時間相當緊迫，可能是 1 分鐘、2 分鐘，但最多不會超過 3 分鐘。如果你是臨時才知道，也要花幾分鐘檢視現場的主題事項，把摘要記錄下來，在腦中快速組織、建構內容。

記住，無論你最後打算說什麼有趣的開場白，無論是個人經驗還是新奇故事等，都得預先重複說幾次你的句子，你要知道自己說什麼會增加信心。你必須一開始就吸引觀眾的注意，要能察言觀色，表現出誠意，所以上台時記得直視觀眾的眼睛，不要盯著某處放空，為自己建立起良好的第一印象。

即興演說由於講者在演說前沒有經過充分的準備，較容易出現狀況，例如怯場、沉默等等。因此講者應該保持沉著、冷靜，充滿自信才能保證思路通暢、言之有物，情緒飽滿且鎮定從容。演說前緊張是自然的，你可以正視這種緊張，並採取一些適合自己的方法，來處理這樣的突發狀況和生理反應。筆者提供幾點建議，讓你參考。

1 隨時做好須即席演說的心理準備

其實最好的準備，就是先做好心理準備，無論參加任何活動場合，尤其是應邀出席的場合，例如你是某間公司的主管、老闆，或者你是公眾人物，那你隨時都有被臨時邀請「說幾句話」的可能。

因此，你無時無刻要處於備戰狀態，所謂有備無患，就像前美國總統尼克森（Richard Nixon）曾說：「真正的政治家從來不會無話可說，因為他總抱著被請上台說話的心理準備。」

2 欣然面對，表明需要準備時間

講者要學習設法很大方、很從容地接受突如其來的「任務」，練習隨時都能面帶微笑，氣定神閒地以穩健、充滿自信地步伐走上講台，有時甚至不必上台，只要起立或端坐即可。

當你遇上不得不進行即席演說的場合時，首先要做到的就是認命，也就是「欣然面對」，不要一再地推託，甚至不停強調自己的口才很差，不知道要說什麼等等。這對旁人和觀眾來說，會認為你不夠專業，就算他們知道你也許會表現得不如預期，推託的態度仍然會使他們留下不好的印象。

但如果你逞強上台，結果口才真的很差或不知道說什麼，硬是擠內容，表現得語無倫次，也

會被觀眾打上不及格的分數。假如你會擔心直接上台的表現不好，你可以直接對大家說你是願意上台的，但必須有些準備的時間，請其他願意上台且不會畏懼的觀眾先行上台分享，以解決當下尷尬的窘況。

即席演說不需要準備豐富的內容，只要針對現場的狀況說話，不用著急地 google 資料，如實說出自己的看法即可。視自身的情況而定，若能力有餘，那就在「開頭」和「結尾」帶入一些名言，不僅表現出學識，也能讓觀眾覺得你是有心上台說話的。

且即席演說其實有公式可套用，冷靜、構思，從被點名上台的那一刻算起，到走上講台或在座位上站妥，通常都能「偷」到 30 秒至 1 分鐘的寶貴時間來思考。

短時間的即席演說，內容的豐富性和變化相當有限，因此講者可以善用「公式」來幫助自己在短時間內布局，組織一下自己可以說些什麼。

- 開頭：說一則故事、趣聞、個人經驗等，也可以說出適合當時場合特色的名言佳句。
- 正文：說明故事、趣聞、個人經驗給自己帶來何種啟示，正文只含一個論點，然後繼續提出新的故事、案例，來支持這個論點。
- 結尾：最後再將論點的啟示重新敘述一遍。

用來支持論點的案例不一定要多，一個也可以，但一定要比開場的故事來得有趣、有用，才能帶出演說的高潮。注意：「有趣的」與「有用的」內容是大家都愛聽的。除了上述最基本的公式外，還有其他幾種提出來跟大家討論。

1 5W1H 的公式

開頭：使用「我是誰？」（Who）、「我要說什麼？」（What）作為簡單的開頭。

正文：說明「為什麼我要上台演說？」和「為什麼要說所選擇的主題」（Why），也可以說明「為什麼現在要說？」（When）或是「與場合的關聯性是什麼？」（Where）。

結尾：說明「應該要做什麼」（How），才能完成主題提到的重點，並強調做了之後會帶來什麼好處？

2 「三」的公式

尋找三個相關的重點說法，例如：「過去」、「現在」、「未來」；「個人」、「家庭」、「國家」等等，分別搭配適當的故事、趣聞、個人經驗，作為開頭、正文和結尾。

3 表態的公式

開頭：先說一則故事、趣聞、個人經驗，然後針對演說主題表態贊成或反對，有時為了避免得罪特定觀眾，也可表示自己的態度保持中立。

正文：以一連串的故事、趣聞、個人經驗來說明為什麼自己贊成或反對，如果選擇的是中立立場，就要同時說明贊成及反對的理由。

結尾：分析贊成或反對態度可能帶來的結果，痛處與好處。

4 補充說明的公式

如果在你之前已經有人發表演說，你也可以直接引述前面的人說過的內容，再加以評論。但此時最好不要表態反對，而是以「我還有幾點心得可以補充」等說法，選擇用「錦上添花」的方式，以免場面尷尬。

但無論你決定採用哪一種公式來套用，都應該注意以下事項。

1 避免表現得過度急迫

因為即席演說的時間一般都很短，也有可能當講者說完以後，觀眾還不知道有人在演說，如此，就白費講者的準備了。

所以，開場非常重要，如果擔心沒有人想聽，也可以用「問答」來和觀眾互動，確保觀眾注意到自己正準備要演說。在互動過程中，也能為講者爭取時間，思考接下來要說什麼。

因此，千萬不要一上台就急著說，而是要先爭取觀眾的「注意」，再從容不迫地將想說的內容說出來，例如：「現在我要分享的是……」或是「我想和大家說的是……」來帶出你的內容。

2 避免長篇大論

即席演說的時間有限，假設講者 1 秒鐘能說 3 個字，3 分鐘也不過說了 540 個字，然而因為即席演說要邊想邊說，因此停頓的時間會比正常演說來得多和久，語速也會比較慢。此時不需要你說出多麼有深度的內容，然而如果言之無物又長篇大論，可能就會讓觀眾失去耐心。

3 多說故事

與場合環境、主題有關的故事，好構思又能豐富演說內容，能快速讓觀眾產生興趣，也不會出現什麼問題，因此多說故事就對了。

4 就地取材

在你已經「山窮水盡」時，就可以找現場的人、事、物來當作話題，例如：某個人、某間公司、某個成就、某個記錄、講堂容納的人數、今天的天氣等。

要能達到上述臨機應變的能力，仍然有賴於平常演說練習時，豐富的肢體語言與常備故事、案例的多方練習。只要抱持著平常心，以平日與人聊天的豐富經驗作為基礎，就能漸漸降低以往對即席演說那過度的恐懼了。

給演講做一個漂亮的Ending

一場戲劇的演出，總會有落幕的時候；一場音樂會的演奏，總會有謝幕的時候，所有表演，除了過程中那高潮迭起、掉人心弦的演出外，結尾亦是相當重要的環節。所以，一場精彩演講也必定要有完美的收場。

一場完美演講的結尾，應該要具備力度和深度，筆者看過許多名人的演講，其中不乏幽默機智的開場、感人肺腑的故事，但能做到震撼人心結尾的人卻是少之又少。筆者自開設公眾演說和講師培訓的課程以來，常發現學員大多只用心於演講的開場和內容，結尾的鋪陳和規劃通常都不夠好，我也發現許多演講者並無法明確區分出「結尾」，演講的框架並不明顯。

前面有提過演講架構的重要性，一場完美的演講，要把每個階段的比例抓得精確，不單單只有開場要氣勢磅礡，收尾的重量也應該要能匹配整場演講的分量才行。

1 收尾要富有生命力

收尾與開場相比，其重要性可能沒有那麼重要，但也是一場好演說的關鍵，一個完美的收尾，能賦予整場演說更多的生命力，在觀眾心中產生衝擊、充滿能量。試想，一場演講倘若沒有收尾或是收尾不當，那即便你的內容再精彩，觀眾也只在當下有體悟而已，並不會實際付諸行動。

好比你進行的是銷售式演講，沒有付諸行動即代表著台下的人聽得津津有味，結束後卻不購買你的產品、服務，這樣是不是就能理解其中的嚴重性了呢？

相信大家以前國、高中在念物理時，都有學過「慣性」，當我們對一物體施力，物體會持續以現有速度移動，除非有其他外力迫使改變。套用在演講來說，你的開場將決定著整個演講所能帶來的影響力，如果你的收尾相當具有分量，便有可能使其產生更大的影響力，讓你的演說在聽眾心中滑行的慣性加倍，使你演講目的、目標大大提升。

這時問題來了，請問我們要如何提升這個「慣性」呢？

在中國文學史中，傳播最長且範圍最廣的便是詩歌，而詩歌中最讓人琅琅上口、傳誦的無非是絕句，因為絕句四句一首，短小精粹，且寓意深刻，讓人印象深刻，好比：「鞠躬盡瘁，死而後已」、「海內存知己，天涯若比鄰」……等。所以，你若想提升演講中的慣性，就必須讓整場演講擁有統領通篇思想的標語或重點句，也就是下一句結論的意思。

但要記住，你的那句結論不能光靠名言佳句來堆砌，他必須與你的演講主題、目的相呼應，要有連結性，讓觀眾聽到時能在心中激起漣漪、產生共鳴，理性與感性兼備才能算是完美的收尾。

那怎麼樣的結尾才是好的結尾呢？首先，你要保證結尾絕不能是名言佳句或是詩詞歌賦堆砌而來，他必須呼應著你的演講目標和核心觀點；再者，你的結尾也不能過於煽情，更不能僅是簡單回顧整段演說，你必須將虛實結合、理性感性同時兼備，才稱得上是完美的結尾。

看到這，你可能會直呼這樣到底該如何結尾？既不能用名言佳句、又不能回顧整場演說，其實讀者們只要試想一下，就能明白筆者為何會說「不」了。倘若你的結尾只是回顧主要內容的理性總結，整段演講乏味冗長不說，且不就變成說教了嗎？而收尾若是感性昇華，一味地使用煽情字句堆砌，那這樣的演講肯定是虛無縹緲、華而不實，假如你是聽眾，你會覺得自己來聽這場演講獲益良多嗎？

所以，一段完美的收尾，必定要有理性的總結和感性的昇華，缺一不可，你可以先重複觀點、強化目標，讓觀眾清楚地明白你想表達的重點及內容，再以感性的方式引起共鳴，觸動觀眾的內心，以激發他們實際行動，這樣的收尾，才有助於演講目的的成功達成。

2 結尾分量需匹配整場演說

常說一個人氣質非凡，必定是搭配了一個「適合」他的髮型、「適合」他的衣服；一段美好的愛情，必定是要有一個與你「適合」的對象，相對地，「適合」二字在演講中也同等重要，一個良好的演講結尾，必須是適合你的主題、適合你的風格，這樣才是最好，那要如何做到「適合」呢？

大家還記得念書時的情景嗎？是不是很怕準備下課的時候，聽到老師說：「最後幾分鐘的時間，我們再複習一下今天課堂的重點……」因為這一複習，可能又延誤到下課的時間，老師甚至可能講到下節上課鐘響；而出了社會之後，我們轉為害怕會議準備結束時，主管在台上說著：「我簡單總結一下……」這往往也代表著一個新會議的開端。所以，不論是何種場景，只要你引導觀眾進入最後的收尾環節，就必須在適宜的時間內結束。

那要如何界定「適宜」呢？一般像 TED 規定 18 分鐘的演講，收尾的時間最好不要超過 2.5 分鐘；半小時以上的演講，則不要超過 5 分鐘；若是更短時間的即興演說，假設 10 分鐘內要結束，那你的收尾就要控制在 1 分鐘內，切記收尾絕對不能過「重且長」，太長的收尾會讓觀眾失去耐心，使演講的效果大打折扣。

反之，若你收尾過「輕」，那對演講者來說實在相當可惜，因為等於浪費一次讓觀眾記住你的機會。筆者在很多聽過很多類似的演講收尾，他們是這樣說的……

「今天我就講到這裡，希望能給大家帶來一些幫助，最後祝福各位工作順利、順心，謝謝！」

這樣的結尾根本起不到任何作用！演講的每一句話都應該是帶有目的、有作用的，特別是開場及收尾，大陸有句俗諺「扶上馬，送一程」，套用到演講場合，意即收尾要將核心概念注入聽眾心中外，還要再加強！舉凡那些聰明、經驗豐富的演講者，都善於利用收尾讓演說目的在觀眾心中立足。

在演說中，還有一個有趣的原則，如果講者不允許自己說錯一句話，那麼這場演說在很大程度上也不會精彩。要做到完全沒有任何風險，就等於完全沒有任何亮點，因為高潮往往都與失敗為伍，講者「要能允許自己失敗」。

如果所有人都能很快聽懂，雖然安全，但也證明講者的演說內容太淺；如果一定要所有人每時、每刻都認真聽，除非你的故事太八卦或你是非常大咖的人物。

記住，不要為說錯一句話而耿耿於懷，或者一直盯著那些發呆的觀眾，心裡想著怎麼改正這個錯誤，這樣壓力會很大，影響之後的發揮。

基本上不可能讓所有人都喜歡你說的內容，在演說時，你可以看著那些友善、認真聽講並給予反應的人，這是講者演說信心的來源。一旦發現關注率變低了，你可以趕快說個笑話、換段內容，重新吸引觀眾的目光才是最重要的。

透過好口才的媒介，陌生人可以變成知己，長期形成的隔閡可以消失，人與人之間也正是因為有語言溝通才能更好地交流，有交流才會產生情感。

然而有所謂的「說者無心，聽者有意」這就是告訴我們，說話要經過大腦。有時候講者不經意說出的一句話，卻得罪了別人。有的人可能會覺得沒什麼，一笑了之；有的人卻可能覺得自尊心受到傷害。

因此，這就要求講者盡量避免在公開場合說一些有傷人之嫌的話，因為你那無心說出的話，可能給他人造成莫名的痛苦。誰又願意看到自己說出的話無意中傷害了他人呢？所以，在說話之前，一定要多多思量一番，不該說的話就不要說出口。

筆者分享一則相當知名的故事。

有一個人請朋友來家裡作客，眼看時間都快到了，還有一大半的人沒來，心裡很著急，便自言自語地說：「怎麼搞的，該來的客人還不來？」一些敏感的客人聽到了，心想：「該來的沒來，那我們是不該來的？」於是生氣地離開了。

主人看到這種情況，又著急了，便說：「怎麼這些不該走的客人反倒走了呢？」剩下的客人一聽，又想：「走了的是不該走的，那我們這些沒走的倒是該走的了！」結果又走了。

最後只剩下一個跟主人較熟稔的朋友，看到這種尷尬的場面，就勸主人：「你說話前應該先考慮一下，否則說錯了話，就不容易收回來了。」

主人大喊冤枉，急忙解釋說：「我並不是叫他們走阿！」這位朋友聽了大為光火，說：「不是叫他們走，那就是叫我走吧！」說完，這位朋友頭也不回地離開了。

這名主人顯然是忽略了話語間的因果關係，他沒想到自己的無心之話，讓在場的客人對他的言下之意從另一個極端加以引申，以致於出現連環誤會，要是追究其罪的話，該罪還要歸咎於主人的無心所造成。其實這些歸納起來，就是沒有在話說出口前，先在大腦裡好好想想，所以造成了不必要的誤會。因此，說話前一定要先經過大腦，不要讓無心之語激怒他人。

在生活中，我們還會經常遇到一些拿人取笑的例子，例如：用無中生有、用對方舊有的蠢事等方法調侃取樂，有時會給受奚落者帶來傷害，當然這是有意的玩笑而成的無意傷害。也有些人習慣將別人的缺陷誇大，把自己美化，津津有味、自我滿足，但在公眾演說的場合上，這都是絕對不能出現的無心失誤。

古人說：「覆水難收。」說話就像潑出去的水，有去無回，所以一句話要出口之前，不能不三思。說話是一門藝術，即使說好話，也要顧慮你說這個人好，卻得罪了那個人，這話就說得不高明了，話說不好，讓人聽了不高興，當然就更不能說了。那麼在演說中，有什麼類型的話是最好不要說的呢？

1 禁說抱怨

人在不滿意的時候，經常會說出抱怨的話，例如怨恨主管、討厭朋友，甚至埋怨家人。當你在演說時經常說出抱怨的話，被觀眾聽到之後，難免藉機借題發揮、搬弄是非，說講者要對付這個人、討厭那個人，最後自己一定會自食苦果，何苦來哉。

2 禁說損人

有的人輕浮，對人不夠尊重、包容，經常在言談之間說些損人的話，有時候是損人利己，有時是損人不利己。語言損人是一時的，但自己的人格被人看輕，所受的傷害是永久的。特別是講者掌握了說話的發語權，務必注意在大庭廣眾之下的損人，肯定不利己。

3 禁說不實

佛教的「五戒」，「妄語戒」是其中之一，妄語就是「是的說非、非的說是」，也就是所謂「說謊」，是不實在的話。

「狼來了」的謊話在觀眾面前說慣了，會帶來嚴重的後果，一傳十、十傳百，這是多麼可怕的連鎖效應，現代網路資訊發達，任何真相都可能會有大白的一天，不可不慎。

4 禁說機密

人們存在著很多機密，包括家庭、公司的，業界有業界的機密，政府有政府的機密。現在無論在哪都必須相當重視機密的保護，如果你洩露了某些業界、甚至是國家的機密，百害而無一利，可能被黑道威脅、負上刑責。

因此，我們應該養成不亂爆料的習慣，在你想對外公開機密之前，先要想到可能引發的不良後果，知道超出分寸的嚴重性，就不會胡亂開口了。

5 禁說自誇

有的講者在言談之間，特別喜歡宣傳自己、自我誇大，觀眾並不是笨蛋，他們也知道自誇的人有幾兩重，當你說了一堆過於自誇的話，觀眾心裡也不一定能認同，除了無實益之外，反而還損害講者的名聲。

人要多偉大，必須做出一些偉大的事業，並且偉大是要別人說的，你不能自稱偉大，作為面對大眾的演說家，還是謙卑為好。

6 禁說喪志

有些人經常喜歡說喪志、洩氣的話，其實人生應該接受別人的鼓勵，即使沒有人為你打氣，你也要能自我鼓勵。特別是一名演說家，因為他要做一個典範的角色，一個能帶給別人力量的角色，不能盡說些喪氣的話，使觀眾覺得不夠專業，不能跟隨。

7 禁說負氣

人在生氣時，往往會不自覺地說出負氣的話來，有時傷害別人，有時也傷害自己。當講者因故產生情緒的時候，最好要能保持冷靜，不要隨便脫稿發言，因為氣頭上所說的話，往往很難聽，而且沒好處，事後一定會後悔。

8 禁說隱私

每個人都有隱私，自己的隱私當然不希望被人知道，別人的隱私你也不能擅自分享。就算你在公眾場合揭發他人的隱私，沒有引起對方的反擊，但也同時在觀眾面前暴露了自己不厚道的性格，人要互相尊重，不要擅自暴露他人的隱私，否則一來一往間，難保不會造成更大的事端。

除上以外，當然還有很多不當的話不能說，有很多不當的行為不能有。真正的演說家除了有許多隱性的道德規範必須遵守，且不管身處何種干擾，都要能完整說出要傳達的事情，演說得無比精彩。

如果你得不到所期望的效果，不要灰心，因為演說就像其他技巧一般，多做就會熟練。只要持續增進自己的知識並累積經驗，建立一位公眾演說家應有的信心和技巧，這些知識和經驗就能充實你和觀眾的生命。

在未來，你的演說就可能觸動不少觀眾的生命，幫助他們從自己的生命中發現更多美好的事物，也讓你從中獲得良好的名聲與更多的財富。

戴爾·卡耐基曾說過：「從出場和下台的情形來看，就可以知道他是不是好演員。」演說亦然，開場和收尾尤為重要，無論是開場白還是收尾，都需要長期的練習。演講好不好，聽完結尾才知道，結尾可謂是最後一個說服聽眾、傳遞信息的機會。演講的結尾，就和電影的最後一刻一樣，將影響整個演講的效果。由於「近因效應」，聽眾在演講結束後，印象最深刻的也往往是最後幾句話。

1 總結式收尾，再次呼籲主題

結尾作為整個演講的總結，承擔著收攏全篇的任務，因此，其意義是非常大的。演講的結尾既要有文采，又要堅定有力，即概括全篇又耐人尋味，才能使全篇演講得以昇華，收到良好的效果。

任何演講都可以遵循一個簡單的公式：告訴聽眾將要講什麼，闡述完，再告訴他們講過了什麼。臨近結尾時，可以說：「請允許我簡單重複一下今天所講的重點……」然後把重點逐一列舉出來，把這些觀點作個總結，提出一個精簡的歸納，更便於聽眾整理先前的思路，流連其中。聽眾順著你的話，把聽過的要點串聯起來，這樣大家就明白你快要收尾了。

好演說都有「魂」，是演說的核心支點，演講者在演講結尾做總結，不僅對演說的主題起到昇華作用，也是演講者有意識地「造魂」，扣動聽眾心弦，將聽眾的思維引向一個更深邃、更崇高的境界，總結式結尾能使聽眾產生記憶點，更容易讓聽眾印象深刻。

重複主題是一種常見、安全而自然的結尾方式，它能強有力且非常清晰地表達觀點，並創造出節奏感。

我們可以對主題加以引申、昇華，並添加一些元素，來創造一個好的結尾。我們也可以對主題句進行重新措辭，加重語氣，強調自己今天所講的重點或者一個特別之處，使其具有更強的震撼力。這樣做沒有加入任何新的觀點或概念，因此不會給聽眾造成任何新的負擔。

如果演講開頭已經點明主題，那麼重複主題就可以前後呼應，這樣更容易幫助觀眾掌握你演講的重點。如果演講除了中心觀點，還有很多分支要點的話，在演講結尾的時候，把這些要點作個簡要的回顧或總結，便於聽眾整理先前的思路，引用名言在結尾中強化自己的主題，也是一種不錯的方法，能使自己的言論更有說服力。

2 說個動人故事

講故事式的結尾需要做更多的準備工作，但能夠加強演講的感染力，從而創造出一個更令人難忘的尾聲。你需要做的就是構思一個簡短、但能為演講主題賦予生命的故事，這個故事可以是真實、也可以是虛構的；可以發生在將來，也可以發生在過去。

3 積極呼籲，鼓勵觀眾行動

號召式結尾，就是在講話結束時，運用極富鼓動性的言辭，或提希望，或提要求，號召人們去努力行動，完成會議任務。表明自己的立場、態度和決心，有助於堅定聽眾的信念，增強演講的號召力。

很多演講的目的就是讓人做出改變。當講者與聽者有共同的思想、願望和利益的時候，可以利用呼籲結束演講，達到一定的高潮之後，以一些感情激昂的語句，呼籲人們做出行動，激勵聽眾、引起共鳴，利用音頻升調、肢體動作，調動聽眾的情緒，讓結尾深入人心。

4 讓結尾和成交連成一線

馬雲說，做生意不賺錢，就是在犯罪。任何沒有目的演講者，相當於講解員，演

講的目的就是傳遞價值，否則就是空洞的自說自話，很多企業辛苦做了一場產品發布會，講的大汗淋漓，最後卻寥寥收場，那麼這場產品演講就沒有任何意義。

他們都有一個共同痛點：如果是做招商、路演、融資的場景演說，在結尾的締交階段，很多人都很不習慣現場「推銷」。

事實上，來上我的演說課的學員們都知道，促進成交是必要的，但卻從來不會主動去促進這件事情，因為在絕大多數的認知中，直接了當的引導別人購買產品太直接、太商業，推銷意味太重，會使他人反感。

商業演講有目的，商業的本質就是交易；演講者在進行成交的時候，也應當具備「利他思維」，本著客戶購買產品是為了幫助客戶解決問題、是去成就客戶的，那麼演講者就不存在「不好意思」成交的顧慮了。

5 幽默式結尾，轟動人心

用幽默、風趣的語言結尾。除了某些較為莊重的演講場合外，利用幽默之詞來結束演講，可為整場演說添加歡聲笑語，使演講更富有趣味，讓人在笑聲中深思，並給聽者留下一個愉快的印象。

著名作家老舍便相當幽默，在某次演講中，開頭就說道：「我今天給大家談六個問題」，他依序談完第一……到第五，談完第五個問題時，他發現演講時間快結束了，於是他提高嗓門，一本正經地說：「第六，散會。」底下的觀眾聽到一愣，不久便意會過來，紛紛起身鼓掌。

老舍打破了正常的演講模式，出乎聽眾意料之外，更達到幽默的效果，怎能不贏得現場聽眾的熱烈掌聲和歡笑聲！

演講的幽默式結尾方法不勝枚舉，關鍵是演講者要具有幽默感，並能在演講中恰如其分地把握住演講的氣氛和聽眾的心態，才能收到轟動的效果。

好的演講結尾才能響亮有力，令人回味，引人深思。所以，演講者可以在演講稿階段把結尾精心布局好，將自己的演講精華濃縮成一顆沉甸甸的石子，在聽眾心中激起漣漪，給他們心中留下深刻的印象。

當然，完成一場精彩絕倫的演講，需要每個演講者刻意練習，不斷精進。

失言時該如何補救？

在現今的時代，一般人需要在公眾面前臨場發言，甚至面對媒體的情況越來越普遍，提高公眾演說的能力是現代人應該具備的基本素質。

然而，表現得好是一回事，因為媒體、網路發達，一旦不慎說錯話，這個「失言」往往會被及時曝光、擴散，引起更嚴重的軒然大波。這也是許多人常常擔心的，尤其對公眾人物或是高管、老闆等人來說，倘若失言，其嚴重性更大。

在演說中，受到時間的限制，講者沒有多少時間仔細推敲自己要說的話，有時難免會說錯話。此外，在某些特定的環境中，講者若思慮不周全或是有其知識的侷限，都難免會說錯話，使當事人陷入十分尷尬的窘境。

俗話說：「人非聖賢，孰能無過。」不過，即使臨場時不慎說錯話了，也並非完全不能補救，失言並不可怕，重要的是失言後要想辦法進行恰當而巧妙的補錯，如此不僅能有效化解尷尬局面，還能為你的演說平添一番妙趣。以下提供幾個方法，或許能幫你「化險為夷」。

1 及時認錯也無妨

說錯話了，可以當場承認錯誤也沒有關係，丟面子總比一錯再錯要好，有時透過急智的話語，還能及時化解錯誤帶來的尷尬場面。

例如，前美國總統小布希曾在 2007 年宴請英國女王時失言，小布希說：「您曾經和 10 位美國總統共進過晚餐，您還參加了美國獨立兩百周年紀念儀式，那是在 17……嗯，是 1976 年。」雖然布希即時更正了，但還是惹得觀眾席一陣大爆笑。

小布希回頭看了看英國女王，並眨了下眼睛，女王則冷淡地回看了布希一眼。看到女王的反應，小布希接著說：「女王剛才看我的眼神，就像一個母親在看自己犯錯的孩子一樣……」此言一出，觀眾席上爆發出更大的笑聲，女王也露出了笑容。

2 引申，將錯就錯

例如，一位官員於一次報告時，將「人民的生活一年比一年好」誤說成「人民的生活一年比一年差。」此話一出，舉座驚愕。他發覺失言後，不疾不徐地接上：「有的人是這麼認為，但事實真是這樣嗎？不，我們有大量實證可以駁倒這種謬論。」接著將他的報告不動聲色地進行下去，避免一些敏感的風波。

3 更換概念解釋

談到失言，《晉書》曾記載了竹林七賢之一的阮籍化解失言的一個案例。

阮籍有次上早朝，一名侍者忽然前來報告一起案件「有人殺死了自己的母親」，放蕩不羈的阮籍信口便說：「殺父親也就罷了，怎麼能殺母親呢？」

此言一出，滿朝文武譁然，認為他「牴牾孝道」，阮籍也意識到自己失言，連忙解釋道：「我的意思是說，禽獸知其母而不知其父。殺父就如同禽獸一般，殺母呢？就連禽獸也不如了。」這席話，使得眾人無可辯駁，也使阮籍避免了殺身之禍。

其實，阮籍只是使用了一個比喻，暗中更換了題旨，然後借題發揮一番，就平息了眾怒。

4 移花接木

當我們一句話出口之後，意識到失言了，也可以馬上轉口說：「這是『某些人』的觀點，我認為正確的說法應該是……」這就糾正了自己的某句錯誤。觀眾可能會有股你失言的感覺產生，但無法認定你真的說錯了。

5 導引正確後，加上補充

失言時，迅速拋下失言的話，接著失言之後說：「然而，我認為正確的說法應該是……」並且再說：「剛才那句話還應該做以下修正……」如此就可將錯話彌補得較為圓滿。

有時，說話者失言後可視情況對失言進行順水推舟，巧妙地以幽默語句來進行轉接，使之自圓其說，化誤為正。

例如，某主持人在音樂晚會上用優美的聲調說：「各位先生、女士，我們將欣賞到多次獲得國際大獎的世界著名作曲家王傑克先生為我們演奏幾首小提琴的美妙樂曲！」

「我不是小提琴家……」王傑克小聲地對主持人說，「我是鋼琴家……」。

「各位先生、女士，」主持人連忙說，「不巧，王傑克先生把小提琴忘在家裡了，因此，今天他改用他最擅長的鋼琴來為各位演奏幾首經典曲子。這個機會更難得啊！請大家鼓掌歡迎！」觀眾席上響起笑聲和熱烈的掌聲。

主持人的身分使得失言顯得更加尷尬，然而，他卻能隨機應變，幽默地順水推舟，將錯話進行轉接，並用「機會更難得」來誇飾，使得現場的氣氛更加活躍起來。

而當講者失言時，有時也可以採用逆向挽救的辦法，形成一種出其不意、正話反說的表達效果，巧妙地彌補失言漏洞。例如，A、B 兩人的對話如下……

A：「請問，假如有一個壞人和一個好人，你會選擇和壞人當朋友，還是選擇和好人當朋友呢？」

B：「我當然選擇壞人……（說錯了）」

A：「物以類聚，你也是站在壞人那一邊了吧？」

B：「不……我是為了把壞人改造成好人，才選擇把壞人當朋友的。」

B在失言之後，採用了逆向挽救的方法，將錯話轉意，富有哲理，意味深長，顯得十分機智。你也可以轉換角度，對錯誤的話進行另一種解釋，在特定的語境中的特定解釋，往往可以使錯話轉意，解釋得合情合理，錯話也就「不錯」了。

例如，某演說家在演說時，高高地豎起大拇指說：「男人，像大拇指。」他一時興起，又說：「女人，像小拇指。」不料，話音剛落，全場譁然，女性觀眾對演說家的比喻表示強烈的譴責。

演說家見狀，自知失言，得罪了女性觀眾。他靈機一動，立刻解釋道：「女性朋友們，我們人類的大拇指是粗壯、有力的，小拇指則是纖細、苗條、可愛的。不知道女性朋友之中，哪一位真的願意當大拇指呢？」原先的一句話，換個角度解釋便平息了女性觀眾的不滿。

因此，演說家在失言時，能隨機應變，變換一個角度，針對女性觀眾的審美心理，從「小拇指」的外型特點，找出女性觀眾會喜歡聽的話語，抵銷了原先較為歧視女性的比喻，並且相當生動，言之成趣。

當年，在前美國總統雷根遇刺消息傳出後，白宮一片慌亂，官員不知所措，只好由富有經驗的國務卿黑格出來主持局面。

在記者會上，有位記者問：「國務卿先生，總統是否已經中彈了？」

黑格回答：「無可奉告。」

記者又問：「目前由誰主持白宮的工作？」

黑格答道：「根據憲法規定，總統之後是副總統和國務卿，現在副總統不在華盛頓，由我來主持工作。」

此言一出，立即引起軒然大波，記者們議論紛紛。

另一記者馬上又問：「國務卿先生，美國憲法是不是修改了？我記得美國憲法上寫著總統、副總統之後，是眾議院議長和參議院議長，而不是國務卿。」

黑格明白是自己說錯話了，他急中生智地反問道：「請問在兩院議長之後又是誰呢？他們也都不在白宮現場，當然由我來主持。剛才為了節約時間，少說了一句話而已。」黑格對自己的失言進行了補救，他補充出少說的部分而順之推論，所說的話也變得言之成理了。

因為不慎口誤，把意思說反或說偏，會直接影響原先真正本意的傳達，使下文無法繼續。此時，可以迅速調整情緒和立場，堅決果斷地把說錯的意思推向自己的對立面，故意將失言加以反駁。

有位講者在「獻給母親的愛」演說當中，將「我的這片深情，是獻給天下所有母親的。」這句話說成「我的這片深情，是獻給我母親的。」如果將錯就錯，接著說下去，與後面的內容就無法銜接了。

此時，他不慌不忙、加重語氣繼續說道：「朋友們，你們說我這樣做，對嗎？我這樣是多麼自私啊！」接下來，他又用具體的事例說明了為什麼要把這片深情獻給天下所有的母親，而不僅僅是自己的母親。

講者將意思說偏了，使得下文無法繼續。然而他並沒有緊張，而是馬上加重語氣，對自己剛剛的失誤質疑，加以批駁。

然後，再適當補充這方面的事例，將這段批駁轉個彎，成為演說中一個相對的段落，在糾正錯誤、引出觀點的同時，也豐富了演說內容，可謂反敗為勝。如此不僅使正確的意思得以重申，還為自己的論點增添一個論據，增強論證的力量。

馬有失蹄，人有失言是再正常不過的事情，有在接觸時事的人就知道，每隔一段時間總會有各種出包新聞，尤其是政治人物，那為何有些人在失言後，總能做好危機處理、全身而退，而有些人想要滅火卻錯得更離譜呢？

1 凡事先道歉，止血為重

當事件爆發時，渲染的力量絕對比你想像中來得快，因為這時是情緒在推動對方做出反應，尤其是憤怒這種充滿力量的情緒。裝死讓風波自行平息這招其實充滿風險，就算你運氣好拖過去，但你的印象仍會在對方心中定型、存有疙瘩，在未來持續產生負面影響，甚至消磨了感情。

但道歉可不是一句「對不起」就奢望能有效果，首先需要承認錯誤，說清楚自己

「錯在哪」，讓對方確實明白，他才會認為你「有悔意」。例如一時心急口快講錯話，可以用「我剛才說了那樣的話真的很抱歉，我沒有聽完你說的就自己下判斷，其實很可能誤會你。」

其次，很多人在道歉時會想要急著「解釋」，例如「對不起啦，但這是因為我擔心你的安全啊」。這種「Yes, But」句型會讓道歉誠意大打折扣，甚至讓人有種「牽拖」、「找藉口」的感覺，反而讓聽者更不爽，可以試著回想一下長輩愛講的「我知道這樣不對，但我們是為你好」，相信你就能體會「Yes, But」的負面效果。

2 富有同理心，以他人角度思考

在道歉止血後，緊接著你需要說出「這個出包對對方的影響」，這得靠你換個角度，站在對方的位置去思考與感受，很多時候我們習慣了某個角色，會以僵化的眼光看世界，忽略了其他族群的需求與困境。例如，當你熬成小主管時，別忘了剛出社會的新鮮人所面臨的徬徨不安；當你成為上位者時，要記得靠得是下方許多人的支撐。

同理指的是讓聽者覺得「你能理解他們的處境與心情」，例如「我現在瞭解這番言論為什麼引起年輕人的氣憤，因為你們覺得付出的辛苦不比我們當年少，但生活卻充滿許多壓力。」當對方覺得「你懂我」時，就會將態度放軟，認為「你是站在我這邊」，甚至「我們是同一掛」。

同理心向來被當作一個薄弱的道德指標。孟子說「人皆有不忍人之心」更是個理想狀態的假設，當你說，相信人人都會「換位思考」，做到「將心比心」的同時，意思是必定有些人不會。

3 理性地解決問題

前面兩步驟都以「情感面」為主，但不能只有道歉、同理，以免讓人覺得說空話、事情沒有解決（然而，先搞定對方情緒又是非常重要的，所以順序請勿顛倒）。接下來的最後一步，就是提出保證，宣告自己未來將如何避免再犯。

例如：「這件風波讓我也領悟到，我們可能因為位置變了，而忘記站在對方角度，我未來將更留意自己的觀點與言行，並多接觸年輕族群傾聽他們的聲音。」或情侶之間「這次吵架讓我知道，工作太多沒時間約會讓你很失望，我們之後每週都來對一下 schedule，先把約會時間定下來。」內容盡量是明確可行、具體呈現，不要只說什麼「我一定不會再這樣」，過於空泛的保證很難取得對方的信任。

此外，也可以考慮做出補償來因應事件，例如送禮慰問……等都是可以補救錯誤的方法。當然，更重要的是一旦你宣告了保證或補償，就要確切實行，否則你在對方心中的信任感會再次流失，這比一開始的失言更為嚴重。

在道歉止血過後適時的自嘲，則可透過展現幽默感來修補當下尷尬的局面，在失言時千萬不要硬凹，以免引發對象和輿論的窮追猛打而造成滾雪球效應。

公眾演說的意義，是演講者「用自己的思想，去影響聽眾的想法」的思維過程，唯有我們自己的思想明確，說話才能收放自如，希望各位讀者能確實照著書中各種方法進行演練，有效提升演講力，盡可能地引導觀眾跟著我們的思路走。

最後，筆者再提出一項哈佛大學寫作課的秘訣「O.R.E.O」供各位讀者參考，雖然以寫作為主軸，但同樣能套用在演說上，有著異曲同工之妙，好比「起、承、轉、合」，在準備演講內容時，「O.R.E.O」會是個不錯的架構。

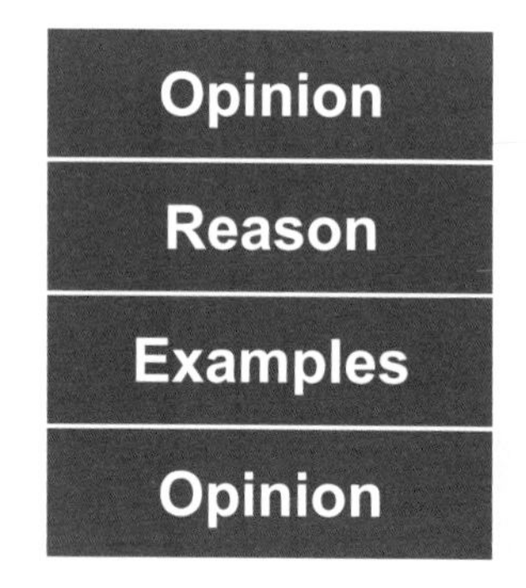

說出你對這議題（主題）的觀點

提出支持的理由（證據）

舉出例子

再次重申觀點

一名天才，要站在舞台上綻放出讓世人驚豔的光芒，也是需要刻意練習的，1 萬小時定律筆者相信各位都有所耳聞，因此，再平凡不過的人，只要在一個領域、不斷練習並突破，也能成為別人眼中那光芒萬丈的人。

同理，一名好的演說家，背後所付出的努力不是你我能輕易言喻的，所謂台上一分鐘，台下十年功，如果你覺得自己現在的演講水準不行，不要灰心喪氣，只要你一心想在這條路上發展，並且能夠付出行動，相信你終有一天會達到想要的樣子。

我們可以看看少數成功的演說家在做什麼，向他們學習，得以節省寶貴的時間，用 20%的投入獲得 80%的成果，因為每個人的能力都是可以鍛鍊的，每個人的潛力也都是無限的，我們要用不同以往的思維來看待自己，相信自己終將活成自己想要的模樣。

筆者真心希望書中的演說技巧能幫助到大家，在學習公眾演說的道路上披荊斬棘、過關斬將，成功站上大舞台，祝福各位了。

讀萬卷書，
不如行萬里路，
行萬里路，不如閱人無數，
閱人無數，不如名師指路，
名師指路，不如跟隨成功者的腳步，
跟隨成功者腳步，不如高人點悟！
經過歷史實踐和理論驗證的真知，
蘊藏著深奧的道理與大智慧。
晴天大師用三十年的體驗與感悟，
為你講道理、助你明智開悟！
為你的工作、生活、人生「導航」，
從而改變命運、實現夢想，
成就最好的自己！

台灣版《時間的朋友》～
「真永是真」知識饗宴

邀您一同追求真理・
分享智慧・慧聚財富！

時間 ▶ **2020場次11/7（六）13:30~21:00**
▶ **2021場次11/6（六）13:30~21:00**
▶ **2022場次11/5（六）13:30~21:00**
地點 ▶ 新店台北矽谷國際會議中心
（新北市新店區北新路三段223號 捷運大坪林站）

報名或了解更多、2022年日程請掃碼查詢
或撥打真人客服專線 (02) 8245-8318

台 灣 最 大 培 訓 機 構 & 學 習 型 組 織

魔法講盟

公眾演說　A⁺ to A⁺⁺
國際級講師培訓

面對瞬息萬變的未來，你的競爭力在哪裡？

學會演說，讓您的影響力與收入翻倍！

公眾演說四日完整班

好的演說有公式可以套用，就算你是素人，也能站在群眾面前自信滿滿地開口說話。公眾演說讓你有效提升業績，讓個人、公司、品牌和產品快速打開知名度！公眾演說不只是說話，它更是溝通、宣傳、教學和說服。你想知道的——收人、收魂、收錢的演說秘技，盡在公眾演說課程完整呈現！

國際級講師培訓

教您怎麼開口講，更教您如何上台不怯場，保證上台演說 學會銷講絕學，讓您在短時間抓住演說的成交撇步，透過完整的講師訓練系統培養授課管理能力，系統化課程與實務演練，協助您一步步成為世界級一流講師，讓你完全脫胎換骨成為一名超級演說家，並可成為亞洲或全球八大明師大會的講師，晉級 A 咖中的 A 咖！

魔法講盟 助您鍛鍊出自在表達的「演說力」，

從現在開始，替人生創造更多的斜槓，擁有不一樣的精采！

開課日期及詳細授課資訊，請上 新絲路網路書店 silkbook.com www.silkbook.com 查詢或撥打真人客服專線 02-8245-8318